AF400205

Petra Weise

Der Grantler
und die Schuld

Roman

Bibliografische Information der Deutschen Nationalbibliothek
Die Deutsche Nationalbibliothek verzeichnet diese Publikation in der
Deutschen Nationalbibliografie; detaillierte bibliografische Daten sind im
Internet über http://dnb.dnb.de abrufbar

Titelseite:
Foto: Victorpr
Quelle: Shutterstock

Herstellung BoD – Books on Demand Norderstedt

ISBN 9-783749-483242

\-

An allem Unfug,
der passiert,
sind nicht etwa nur die schuld,
die ihn tun,
sondern auch die,
die ihn nicht tun.

Erich Kästner

Jede Schuld ist verständlich,
wenn man ihr Werden gesehen hat.

Otto Ernst

Inhalt

Monika

Sie schläft. Ich mag nicht sehen, wie sie da so liegt mit halboffenem Mund. Sie ist alt. 65 Jahre, Rentner eben. Ich sehe trotz meiner schütteren Haare viel jünger aus als sie, obwohl ich fast fünf Jahre älter bin.
Ich weiß nicht mehr, warum ich sie damals geheiratet habe. Ich glaube, sie war recht hübsch. In der Jugend sind wohl alle schön, auch die, die es nicht sind.
Jetzt hat sie dicke Beine, Falten im Gesicht und an den Händen. Das sind nicht nur Äußerlichkeiten, innen wird sie nicht anders aussehen. Davon bin ich überzeugt.
Das einzig Sehenswerte an ihr sind ihre dichten schwarzen Haare. Ich weiß nicht, ob sie sie färbt oder nicht. Meine sind jedenfalls seit mehr als zehn Jahren vollständig grau.
Ich hätte statt einer Hübschen eine Reiche heiraten sollen, denn Reichtum vermehrt sich, das Hübschsein ist irgendwann vorbei.
Eigentlich war es recht schnell vorbei.

Den ganzen Vormittag über schlurft sie in ihren Pantoffeln durchs Haus und wischt mit einem Lappen überall entlang: im Bad, auf dem

Küchentisch, über das Treppengeländer und übers Fensterbrett. Doch sie wischt nur drüber, sie putzt nicht. Ich sehe das, obwohl ich ein Mann bin und mit dem Haushalt nichts zu schaffen habe. Sie behauptet, sie hält alles sauber, doch sie wischt nur allen Dreck breit. Überall sind Schlieren. Sie sieht es nicht oder will es nicht sehen. Es ist eklig.
Monika. Sie heißt Monika. Alle ihre Freunde rufen sie Moni – ich nicht.

In meinem Arbeitszimmer darf sie nicht herumwischen, nur den Boden saugen und den Ascher leeren. Als wir vor etwa fünfundzwanzig Jahren hier einzogen, sprach sie sich gegen ein Arbeitszimmer aus, weil ich ohnehin nie daheim wäre. Als ob das eine Rolle spielt! Ein Mann braucht seinen Raum, in dem er ungestört lesen und rauchen kann. Sie wollte lieber ein Esszimmer mit Platz für die ganze Familie und Gäste. Doch ich mag keine Gäste, außerdem ist in der Küche genug Platz für einen großen Tisch.
Selbstverständlich habe ich mich durchgesetzt und mein Arbeitszimmer eingerichtet mit einem Schreibtisch aus Eichenholz, einem großen Intarsien-Schrank und einem bequemen Sessel, in dem ich vier Mal täglich meine Zigaretten rauche; und zwar immer nach den Mahlzeiten

wie es sich gehört.

Der Sessel gefällt ihr nicht, doch das tut nichts zur Sache, denn es ist mein Sessel, allein für mich in meinem Reich. Unsere Kinder durften es nicht betreten. Kinder haben immer klebrige Finger und müssen damit alles anfassen. Das dulde ich nicht.

Auch heute, wo unsere vier Töchter erwachsen sind, betreten sie meinen Raum nicht. Eigentlich betreten sie das ganze Haus nicht mehr. Sie haben ihr eigenes Leben, zwei von ihnen sind sogar ins Ausland gegangen. Mir ist es nur recht, endlich meine Ruhe zu haben.

Doch Monika lässt sie nicht in Ruhe ihr Leben leben, sie ruft sie fast jeden Tag an, rennt ihnen nach, will ihnen ständig helfen und begreift nicht, dass sie erwachsen sind. Wenn Kinder erwachsen sind, muss man sie laufen lassen – wohin ihr Weg sie auch führen mag.

*****

Mich wundert, dass sie schläft - noch dazu auf dem Sofa am hellen Tag. Das hat sie noch nie gemacht.

Normalerweise verbreitet sie Hektik. Immer eilt sie, immer muss es schnell gehen. Selbst, wenn sie in der Sofaecke sitzt, fummelt sie an irgendeiner Handarbeit. Ich hasse diese ständige Emsigkeit. Wenn ich sie dafür kritisiere, widerspricht sie: „Du warst Beamter und hast den ganzen Tag bequem in deinem Drehstuhl gesessen und ruhig in deine Akten geschaut, während ich meine Augen überall haben musste."

Überall? Was hat sie schon getan? Sie musste nicht arbeiten, hatte den ganzen Tag Zeit für den Garten, das Haus und die vier Mädchen. Mit Kindern gespielt hat sie, oft sogar mit völlig fremden. Vor allem später, als sie wieder als Kindergärtnerin arbeitete. Kinder gehören zu ihren Müttern ins Haus und nicht an solch einen fremden Ort, wo sie aufbewahrt werden, während die Mütter einer Arbeit nachgehen. Was kann aus solchen Kindern schon werden?

*****

Ich mag Krimis, sie nicht. Wir schauen uns trotzdem jeden Abend einen Krimi an. Es kommt ja nichts anderes im Fernsehen.

Manchmal stelle ich mir vor, ich sei der Mörder und würde sie töten. Dann wäre Ruhe. Ich habe schon einmal ernsthaft darüber nachgedacht. Doch ich glaube nicht, dass ich das wirklich kann: sie umbringen. Der ganze lästige Papierkram, ehe sie endlich unter der Erde wäre, ginge mir furchtbar auf die Nerven und bringt mich schon beim Gedanken daran in Wut.

Sie behauptet, ich wäre sehr schnell wütend. Das glaube ich nicht. Ich glaube vieles nicht, was sie so behauptet.

Zum Beispiel sagte sie mal, dass Frauen, die wie sie eine lieblose und egoistische Mutter hatten, meist an einen Mann gerieten, der kaltherzig, grausam und gefühllos sei. Damit meinte sie eindeutig mich. Doch wie so oft liegt sie mit ihrer Meinung völlig falsch, denn ich bin nicht grausam. Und wenn ich kaltherzig wäre und kein Gefühl hätte, hätte ich sie nicht geheiratet.

„Ich habe dich geheiratet und damit ist die Sache klar."

„Welche Sache?", fragt sie.

Eigentlich sollte ich darauf nicht antworten, Trotzdem sage ich: „Ich habe mich für dich entschieden."

„Und weiter? Du glaubst wohl, jetzt hast du genug getan?"

Ich verstehe nicht, worauf sie hinaus will, weshalb sie so unzufrieden ist.

„Das ist ganz einfach. Die Heirat ist eine Sache. Das ist ein einziger Punkt. Jeden Monat kommt Rente, das ist auch nur ein Punkt. Weiter tust du nichts. Ich dagegen mache Frühstück, das Mittag, das Abendessen, die Betten, die

Wäsche, putze das Haus. Das sind sechs Punkte und zwar jeden Tag. Zusätzlich gehe ich einkaufen."

„Moment! Du tust es nicht allein für mich, sondern auch für dich."

„Das stimmt, doch auch dein Geld ist nicht allein für mich."

„Mein Geld ist weit mehr wert als dein Abwasch."

„Du irrst dich! Eine Sache ist eine Sache."

Sie ist wirklich dumm, wenn sie einen ganzen Monatsverdienst mit fünf Minuten Abwasch gleichsetzt.

Während unserer ersten Ehejahre erwartete sie sogar, dass ich mich an der Hausarbeit beteilige. Doch der Haushalt ist und bleibt reine Frauensache, auch dann, wenn sie arbeiten geht. Dann kamen an drei Jahren hintereinander die Mädchen. Sie blieb daheim und hatte genügend Zeit zum Kochen und Putzen.

Als die Jüngste drei Jahre alt war, wollte sie, dass wir alle zusammen in den Urlaub fahren. Das habe ich abgelehnt. Wozu sollte das gut sein? Es ist reine Geldverschwendung, für eine Übernachtung in der Fremde zu zahlen, obwohl man daheim sein bequemes Bett hat. Außerdem gab es vom Amt keine Ferienplätze und privat konnte man zur damaligen Zeit ohnehin nichts buchen.

Sie fuhr dann immer allein weg, ohne mich, nur mit den Mädchen und einem Zelt. Immer an die Ostsee auf eine Wiese bei Verwandten. Ich mag ihre Verwandten nicht. Ich mag auch das Meer nicht und schon gar nicht das flache Land. In bin in Karl-Marx-Stadt geboren, was jetzt Chemnitz heißt. Und hier werde ich bleiben und auch sterben.
Nur nicht so bald.

*****

Schon zu Zeiten, in denen ich im Amt arbeitete, schätzte ich einen geregelten und genau strukturierten Tagesablauf. Daran hat sich bis heute nichts geändert.
Pünktlich um acht Uhr wünsche ich mein Frühstück. Darauf bestehe ich, auch wenn sie sich lieber noch länger im Bett herumwälzen würde. So etwas dulde ich nicht.
Ich hasse es, wenn sie im Morgenmantel am Tisch sitzt. Sie zieht sich trotzdem niemals ordentlich an. Im Haus und auch im Garten trägt sie eine Kittelschürze und darunter eine Jogginghose. Sie findet das praktisch. Doch so läuft man nicht herum, auch dann nicht, wenn es keiner sieht. Nur, wenn sie zum Einkaufen in die Stadt muss, zieht sie sich etwas Ordentliches über und macht dabei ein Riesentheater.

Mehrmals wechselt sie die Bluse und die Schuhe. Dabei sieht sie in jedem Kleid gleich aus mit ihren Falten im Gesicht und den dicken Beinen.

Früher hatte sie Geschick, sich zu kleiden. Das muss ich zugeben. Trotzdem wollte sie immer wissen: „Geht das?" Wenn ich dann ehrlich antwortete: „Das musst du selber wissen", war sie beleidigt.

Ich trage Tag für Tag Hemd und Hose und wenn ich vor die Tür gehe, mein dunkles Jackett und einen Schlips; wie es sich für einen Mann meines Standes gehört.

Meist hockt sie schräg auf ihrem Stuhl, als ob sie gleich wieder aufstehen und etwas herbeiholen will. Ich mag sie nicht anschauen. Deshalb lese ich jeden Morgen beim Frühstück die Zeitung, obwohl mich der Mist, der darin steht, überhaupt nicht interessiert. Und jeden Morgen meckert sie, weil ich lese und sie nicht unterhalte. Was soll ich schon sagen? Und warum? Ich bin nicht dafür zuständig, sie zu unterhalten. Und ich bin ihr auch keine Rechenschaft schuldig, warum ich dies mache und jenes nicht. Das ist allein meine Sache.

Früher wollte sie immer, dass ich ihr ein paar Seiten meiner Zeitung abgebe. Die Kulturseite und die Todesanzeigen. Doch man zerpflückt eine Zeitung nicht in ihre Einzelteile. Es hat seinen Grund, weshalb eine Nachricht auf der ersten oder letzten Seite steht oder einfach mittendrin. Sie kann die Zeitung haben, wenn ich mit ihr fertig bin, eher nicht. Doch so lange wollte sie nicht warten.

Sie ist eben stur.

Mit großen Schlucken trinke ich meinen heißen Kaffee und greife blind nach dem Wurstbrötchen, das sie mir hinlegt. Immer eins mit Leberwurst und eins mit Salami. Anders will ich es nicht haben. Käse lehne ich ab, derartige Absonderlichkeiten aus verschimmelter Milch braucht sie mir gar nicht erst vorzusetzen.

Nach dem Frühstück drehe ich meine Runde. Zuerst gehe ich Richtung Kirche, dann am Friedhof entlang und durch den Park zurück. Im Büdchen kaufe ich meine Zigaretten.

*****

Das Büdchen ist ein kleiner Laden, der Dinge verkauft, die es früher in einem Kiosk gab wie Zeitschriften, Süßigkeiten und Zigaretten. Ich kaufe schon immer die gleiche Sorte. Früher war sie rot verpackt und hatte eine weiße Schrift. Heute kann man die Sorten nicht mehr so leicht unterscheiden, weil auf jeder Schachtel die gleichen grauenhaften Bilder abgedruckt sind von amputierten Armen und Beinen, verfaulten Organen und halbtoten Kindern. Der Verrückte, der dafür gesorgt hat, dass statt des Namens für ein Genussartikel derartig grässliche Bilder aufgedruckt und verbreitet werden, gehört in Behandlung – und zwar in die geschlossene.

Man kann im Büdchen auch Lotto spielen. Ich spiele kein Lotto, doch ich weiß, dass Monika jede Woche ihren Tippschein abgibt. Sie ist eben dumm und kann nicht einmal rechnen, weil ein Gewinn höchst unwahrscheinlich ist. Die Chance für einen Sechser steht bei geringer als Eins zu einer Million. Ich hatte schon erwogen, ihr weniger Taschengeld zu zahlen, doch dann müsste ich das begründen und für einen Streit mit ihr ist mir meine Zeit zu schade.

Ich streite nicht einmal mit ihr, wenn sie im Büdchen Kaffee trinkt. Im Stehen! So etwas tut man nicht.

Die Frau, der der kleine Laden gehört, weiß über jeden Nachbarn, was es zu wissen gibt. Ich will nichts über die Nachbarn wissen, aber Monika verbringt viel Zeit mit diesem unnützen Geschwätz. Sie ist neugierig wie alle Frauen, behauptet aber, sie habe nur ein menschliches Interesse an allem, was in ihrem Umfeld so passiert. Deshalb weiß sie auch, wer in unserem Viertel verstorben oder neu hinzugezogen ist, wer sich scheiden lässt und wer ein Kind erwartet. Alles Dinge, die sie nichts angehen und mich nicht interessieren.

Um die Mittagszeit herrscht im Büdchen der meiste Betrieb, wenn die Schulkinder ihre Naschereien kaufen, statt etwas Vernünftiges zu essen.

Monika findet die Kinder niedlich und hält es für normal, dass diese sich Süßkram kaufen, aber über mich und meine Zigaretten meckert sie.

Soll sie meckern. Es ist allein meine Sache, dass ich rauche. Ich rauche immer in meinem Sessel im Arbeitzimmer. Das ist der gemütlichste Platz im ganzen Haus.

Ich liebe den Duft nach Tabak und dazu mein Gläschen Weinbrand. Es muss einheimischer Weinbrand sein, ausländisches Zeug wie Cognac will ich nicht haben. Zu Weihnachten bekam ich mal eine Flasche Armagnac. Das sollte etwas Besonderes aus Frankreich sein – nicht für mich.

Anfangs verlangte Monika, dass ich draußen vor der Tür rauche. Ihre Blumen und Gardinen würden unter meinem Qualm leiden. Das fehlte noch, dass ich für Blumen und Gardinen auf meinen Genuss verzichte! Ich bot ihr stattdessen an, die Blumen und Gardinen aus meinem Arbeitszimmer zu entfernen. Ich brauche diesen Firlefanz nicht.

Draußen vor der Tür rauche ich schon gar nicht. Da käme ich mir wie ein Penner vor. Wozu habe ich meinen Raum, wenn ich ihn für die gemütlichsten Momente des Tages nicht nutzen soll?

Punkt 11:30 Uhr will ich mein Mittagessen. Wenn beim Gong der Wanduhr nicht serviert wird, sage ich: „Jetzt wäre der Zug abgefahren", und gehe in den Gasthof. Dort schmeckt es mir zwar nicht, doch sie soll lernen, pünktlich zu sein.

Danach halte ich Mittagsruhe. Ruhe! In dieser Zeit wünsche ich keine Störung, kein Poltern im Haus und kein Gescharre im hinteren Garten.

Den Kaffee trinke ich in meinem Arbeitszimmer. Monika stellt immer etwas zu naschen dazu: ein Stück Kuchen, Kekse oder Schokolade. Sie sagt, das gehört dazu. Ich brauche das nicht. Mir reicht eine Zigarette.

Nach dem Vesper hole ich das Auto aus der Garage und fahre eine Stunde lang durch die Gegend. Auch, wenn es regnet. Nur bei Schnee bleibe ich drin. In meinem Alter muss man das Schicksal nicht provozieren.

Beim Autofahren kann ich wunderbar entspan-en. Ich liebe es, kurvige Straßen über Land zu

wählen und dabei Musik zu hören. Am liebsten fahre ich allein, doch manchmal setzt sich Monika einfach mit ins Auto und will einen Ausflug machen. Ich mag das nicht. Denn kaum sitzt sie auf dem Beifahrersitz, nörgelt sie: „Du könntest langsamer fahren."
Ich mag auch nicht, wenn sie die Melodien mitsingt, weil sie immer die falschen Töne trifft und jedes Lied verdirbt. Sie singt trotzdem und ich regle den Ton lauter, damit ich sie nicht hören muss.

Der Unfall

Heute ist sie daheim geblieben, weshalb ich etwas schneller fahren kann, als wenn sie dabei wäre. Ich halte mich in der Regel an die Verkehrsvorschriften, doch für Monika fahre ich trotzdem zu schnell. Sie will in die Landschaft schauen, Tiere entdecken. Das ist so ein Frauending, die Augen überall zu haben. Ich schaue beim Autofahren nicht sinnlos umher, ich schaue auf die Straße.
Diese Strecke fahre ich besonders gern, denn sie führt recht kurvig zwischen sanften Hügeln und erweckt in mir ein regelrechtes Hochgefühl. Zudem brummt der Motor meines neuen Mercedes leise und gleichmäßig. Zufrieden lehne

ich mich in den bequemen Sitz zurück. Er riecht noch frisch nach feinem Leder.

Im Radio singt Udo Jürgens, dass er noch niemals in New York war. Ich auch nicht. Ich müsste das einfach mal machen, wollte ich schon immer. Geld und Zeit habe ich genug. In Gedanken stimme ich mit ein: „Ich war noch niemals auf Hawaii. Ich war noch niemals wirklich frei."

Wenn ich jetzt meinen Pass dabei hätte, könnte ich direkt zum Flughafen fahren und ab die Post. Vielleicht brauche ich den Pass gar nicht und es genügt der normale Personalausweis. Doch ich weiß, dass man für die USA diverse Genehmigungen benötigt.

Monika würde schön blöd schauen, wenn ich nicht zum Abendessen zurück bin und ihr eines Tages eine Karte entgegen flattert, aus Hawaii, wo die hübschen Hulamädchen leben. Das wäre mal ein Abenteuer.

Als ich mir ihr fassungsloses Gesicht vorstelle, kichere ich vor mich hin. Doch was soll ich auf Hawaii? Ich mag keine Inseln und auch kein Meer und schon gar keine Hitze. Die hübschen Hulamädchen würde ich mir schon gern anschauen, wenn sie so langsam ihre Hüften schwingen und sinnlich dabei lächeln.

Ausgerechnet jetzt will mich so ein Trottel in

seiner Reiskiste überholen. Weiß der nicht, dass man hier nicht schneller als siebzig fahren darf? Mit mir macht der das nicht, nicht mit mir! Und schon gar nicht in dieser japanischen Karre. Ich drücke ein wenig das Gaspedal nach unten und schaue nach links. Der Typ ist jung und verzieht höhnisch das Gesicht. Soll er machen, doch vorbei kommt er nicht.

*****

Eine Hand tippt auf meinen Arm. Wer wagt es, mich in meiner Mittagsruhe zu stören?

„Ich bin´s, die Moni", sagt sie leise. „Sie sind tot, alle beide."

Was geht mich das an? Jeden Tag nervt sie mit ihren Geschichten über Verstorbene aus der Nachbarschaft. Die meisten kenne ich gar nicht. Jeder muss irgendwann sterben. Sie auch.

„Hörst du mich, Karli?"

Natürlich höre ich sie. Ich will sie aber nicht hören. Schon gar nicht, wenn sie mich Karli nennt. Sie weiß, dass ich das nicht leiden kann und sagt es trotzdem. Ich heiße Karl-Günther und will auch so gerufen werden. So viel Zeit muss sein. Manche Leute glauben, ich heiße Karl Günther, doch Günther ist nicht mein Nachname. Mein Nachname ist Fischer.

Sie soll mich mit ihren Geschichten über tote Nachbarn in Ruhe lassen. Ein für alle Mal!

„Die Polizei ist draußen. Sie will dich verhören zu dem Unfall."

Vernehmen. Polizeilich vernehmen heißt das. Wieso mich? Was für ein Unfall?

„Karli! Sie haben gesagt, ich soll denen sagen, wenn du wach bist."

Wem soll sie das sagen? Sie weiß, dass ich in meiner Mittagsruhe nicht gestört werden will. Jetzt tätschelt sie meine Hand, als wäre ich ein Hund. Am liebsten würde ich meine Hand zurückziehen. Doch dann merkt sie, dass ich nicht mehr schlafe.

„Am besten, du schläfst einfach weiter oder tust so, als ob du schläfst."

Was glaubt sie, was ich jetzt mache? Sie ist wirklich dumm. Außerdem redet sie Unsinn.

„Ich gehe jetzt."

Endlich. Ich höre, wie sie keucht beim Aufstehen und wie der Stuhl auf dem Boden ratzt, als sie ihn zurückschiebt.

„Er schläft", sagt sie.

Dann klappt die Tür zu.

Ich spüre einen dumpfen, warmen Schmerz im Bauch. Er ist nicht schlimm, nur ungewohnt. Kurz irritiert er mich, dann döse ich weg.

*****

„Herr Fischer, hören Sie mich?“

Natürlich. Ich bin schließlich nicht taub.

„Öffnen Sie bitte Ihre Augen!“

Ich versuche es, doch es gelingt mir nicht. Mir ist übel. Ich überlege, was es heute zum Mittag zu essen gab. Kochen kann sie einfach nicht, obwohl man das von einer Frau erwarten sollte. Jetzt in ihrem Alter wird sie das nicht mehr lernen. Resigniert seufze ich.

Plötzlich merke ich, dass irgend etwas nicht stimmt. Mir fällt ein, dass mich eine Stimme *Herr* Fischer nannte, eine Stimme, die Sie zu mir sagt und die ich nicht kenne. Vermutlich träume ich. Dabei habe ich noch niemals in meinem ganzen Leben geträumt. Wenn ich schlafe, schlafe ich. Für unsinnige Träume habe ich keine Zeit.

Ich spüre eine Hand auf meinem Arm, eine fleischige, fremde Hand. Erschrocken zucke ich zurück. Als die Hand mich fester packt, schlage ich sie weg. Im gleichen Moment verstärkt die Hand ihren Griff.

Verwirrt öffne ich meine Augen, kann aber nichts erkennen. Um mich herum ist dichter Nebel. Rauch! Hat sie etwas anbrennen lassen?

„Herr Fischer?“, fragt die Stimme, als wäre sie nicht sicher, ob ich ich bin.

Ich blinzle. Der Nebel wird dünner und ich sehe direkt über mir einen Bildschirm. Niemals zuvor hatte ich solch ein Gerät über meinem Bett. Das dulde ich nicht.

„Ihre Tochter ist hier. Ich komme später wieder.“ Wer sagt das? Ich sehe niemanden. Etwas unsicher schaue ich mich um.

„Papa! Ich bin´s, die Nadine.“

Entsetzt betrachte ich die junge Frau, die sich über mich beugt. Sie macht mir Angst. Ich weiß nicht, wer sie ist, aber ich weiß genau, dass ich sie nicht leiden kann.

„Mama kommt später wieder. Sie ist jetzt daheim.“

Natürlich ist sie daheim. Wo sollte sie sonst sein? Und ich? Bin ich nicht daheim?

Mich ergreift plötzlich Panik und ich schlage um mich. Sofort packen zwei Hände meine Arme und drücken sie nach unten. Es sind kühle Hände mit einem erbarmungslos festen Griff. Wütend spucke ich in die Richtung, wo diese Hände herkommen und erkenne eine dicke blonde Frau, die sich über mich beugt. Zugleich merke ich, dass meine Arme mit einem Gurt fixiert werden und spucke noch einmal. Doch ich treffe niemanden, die Frau ist aus meinem Blickfeld verschwunden.

„Ich bin Schwester Rita“, höre ich es leise flüstern und drehe meinen Kopf in die Richtung,

aus der die Stimme kommt. Die Dicke trägt einen grünen Kittel, umarmt diese Nadine und streichelt über ihren Rücken. „Solch eine Reaktion kommt vor nach einer Operation. Machen Sie sich keine Sorgen! Ihr Vater ist hier gut aufgehoben."
Nadine weint. Immer dieses Theater mit den Weibern! Sie heult wegen einer Operation. Mich geht das jedenfalls nichts an. Oder doch?
„He!", schreie ich. „Was ist hier los? Binden Sie mich sofort frei! Sofort!"
„Ich bin Schwester Rita", säuselt sie.
„Das sagten Sie bereits! Sie sollen mich losbinden!"
Operation. Schwester Rita. Krankenhaus. Ich bin im Krankenhaus! Aber warum? Hektisch durchforste ich mein Gedächtnis, ob ich wohl krank bin und das vergessen haben. Vielleicht ein Herzinfarkt?
„Papa!"
Ich will nicht, dass diese Frau mich Papa nennt. Sie beugt sich wieder über mich und lächelt gequält. Dabei tupft sie mit einem Tuch über ihre Augen. Als sie ihre Hand auf meine Schulter legt; fauche ich: „Lassen Sie das!"
Sie soll verschwinden. Ich will sie nicht in meiner Nähe haben, schon gar nicht am Bett.
„Gehen Sie! Sofort!"
Unschlüssig bleibt sie stehen, als ob sie nicht

gehört hat, was ich gesagt habe. Sie weint immer noch.

„Gehen Sie nur! Er wird sich beruhigen."

„Reden Sie nicht über meinen Kopf hinweg!", weise ich die dreiste Schwester zurecht. „Rufen Sie sofort den Arzt! Ich muss wissen, was hier los ist."

*****

„Sie hatten einen Unfall", sagt ein Mann.

Das kann nicht stimmen, denn das wüsste ich. Doch zuerst müsste ich wissen, wer diesen Unsinn behauptet. Ich kenne den Mann nicht, der nicht einmal so viel Manieren hat, sich vorzustellen.

„Wer sind Sie überhaupt?", frage ich.

„Doktor Fischer."

Fischer? Fischer ist *mein* Name.

„Ihr behandelnder Arzt. Ich habe Sie operiert."

„Wieso das denn?", fauche ich ihn an.

„Sie hatten einen Unfall", wiederholt er.

„Ich hatte keinen Unfall. Daran würde ich mich erinnern. Und jetzt binden Sie mich los!"

Ich versuche, mich aufzurichten. Doch ich kann kaum meinen Kopf anheben, als wäre dieser tonnenschwer und auf das Kissen fixiert. Fixieren ist strafbar, damit kenne ich mich aus.

„Zuerst versprechen Sie mir, dass Sie nicht wie-

28

der um sich schlagen!".

„Ich verspreche Ihnen gar nichts!"

Das fehlte noch. Sind wir hier im Kindergarten? Wie redet dieser Grünschnabel überhaupt mit mir?

„Schwester Rita musste verhindern, dass Sie sich selbst Schaden zufügen", erklärt dieser Fischer.

Sofort spucke ich ihn an. In meiner misslichen Lage kann ich gar nichts anderes tun.

„Karli, du benimmst dich jetzt wie ein erwachsener Mann!", höre ich die unangenehme Stimme meiner Frau.

Ich drehe meinen Kopf in die Richtung, in der ich Monika vermute und sehe sie tatsächlich direkt neben mir auf einem Stuhl sitzen. Hat diese Nadine-Frau nicht gesagt, sie sei daheim? Mir fällt ein, dass sie ergänzte, dass sie später wiederkommt. Hier geht es zu wie im Taubenschlag. Das gefällt mir nicht.

„Verschwinde!", zische ich. „Du störst! Das ist ein Gespräch unter Männern."

Monika verzieht ihr Gesicht, was wohl ein Lächeln sein soll. Doch es ist nur eine alberne Grimasse. Ich mag sie nicht ansehen und spucke in ihre Richtung, treffe sie aber nicht.

„Sie leiden seit der Operation unter einem Delir", erklärt der Arzt.

Operation. Delir. Meint der Mann Delirium? Ein

Delirium ist eine Bewusstseinstrübung. Die müssen mir irgendwas gegeben haben.

„Einem was?", fragt Monika ängstlich.

„Einem Delir. Ein Delir ist reversibel."

„Oh Gott!", stöhnt sie. „Was heißt das?"

Umkehrbar. So etwas weiß man. Doch es hat keinen Zweck, dieser dummen Frau etwas zu erklären.

„Patienten im Delir sind desorientiert und in der Wahrnehmung ihrer Umwelt beeinträchtigt", erklärt der Arzt.

Er erklärt es ihr, als sei sie mein Vormund.

„Da *ich* der Patient bin, haben Sie mit *mir* zu sprechen und nicht mit meiner Frau", weise ich ihn zurecht.

Doch er ignoriert meine Worte und spricht an Monika gewandt weiter.

„Dieser Zustand klingt ab."

Sie seufzt erleichtert. Doch mich macht es wütend.

„Mit meinem Hirn ist alles in Ordnung", schreie ich ihn an. „Nur mit Ihrem nicht! Sie machen sich strafbar, wenn Sie mich nicht sofort losbinden."

Der Arzt dreht sich zur Seite, als ich ihn anspucke. Deshalb treffe ich nur seinen Kittel. Mein drohender Blick scheint ihn nicht aus der Ruhe zu bringen und macht mich noch wütender.

„Ein Delir ist eine akute Verwirrtheit, die manchmal nach einer schweren Operation auftritt. Wir
geben Ihnen Medikamente, damit sich Ihr Zustand rasch normalisiert.“
„Sie nennen mich verwirrt? Verrückt? Bin ich
etwa in einer Irrenanstalt? Hat sie mich hier
reingebracht?“ Erbost schaue ich Monika an.
„*Sie* gehört hierher! Nicht ich!“
Ich versuche, meine Hände aus den Schlingen
zu ziehen. Es gelingt mir nicht und deshalb
schreie ich in meiner hilflosen Wut so laut ich
kann um Hilfe.
Der Mann hält meinen Arm und sagt leise, aber
eindringlich: „Hören Sie! Bei diesem Unfall sind
Ihre Milz gerissen und zwei Rippen gebrochen.
Wenn Sie sich zu heftig bewegen, haben Sie
starke Schmerzen trotz der Schmerzmittel, die
wir Ihnen verabreichen. Verstehen Sie das?“
Ich verstehe nichts. Ich begreife nicht, was hier
gespielt wird.
„Der Herr Doktor sagt, du musst ruhig liegen,
sonst wirst du nicht gesund“, behauptet Monika.
Ich bin nicht krank! Ich war noch nie krank. Sie
lügt! Sie hat immer gelogen. Sie ist ein besonders verlogenes, hinterhältiges Weibsbild. Ich
hasse sie, habe sie immer gehasst.
Plötzlich erinnere ich mich, dass sie genau wie
der Arzt von einem Unfall sprach. Wann soll
das passiert sein? Und wo? Siedendheiß fällt

mir mein Auto ein, mein ladenneuer silbergrauer Mercedes, ein besonders schnittiges C-Modell. Wenn ich tatsächlich einen Unfall hatte, dann möglicherweise mit diesem Auto.

„Wo ist mein Daimler?!", schreie ich aufgebracht.

„Schrott. Er ist Schrott", verkündet Monika vollkommen ungerührt.

Ich fasse es nicht. Mein schönes neues Fahrzeug, das mir die Rente versüßen sollte, ist Schrott? Ich könnte heulen! Um mich schlagen! Doch das geht nicht. Ich liege hier im Krankenbett und begreife, dass ich wohl tatsächlich einen Unfall gehabt haben muss, obwohl ich mich nicht daran erinnere. Wütend knirsche ich mit den Zähnen.

Plötzlich habe ich das Gefühl, als sei ich unter Wasser geraten und Fische schwimmen um meinen Kopf. Das gibt mir zu denken, zumal dieser Fischer-Arzt sagte, ich sei seit der Operation verwirrt. Habe ich mein Gedächtnis verloren?

Ich schaue Monika an und gleich wieder weg. Sie soll hier nicht herumsitzen.

„Geh heim!", bestimme ich.

Sie sieht mich irritiert an, bleibt aber sitzen.

„Hast du nicht verstanden?", frage ich sie.

„Doch."

Sie nickt und rutscht auf dem Stuhl herum.

Endlich ergreift sie ihre Tasche und steht auf.

„Mach´s gut!" Sie tätschelt meinen Arm. „Bis morgen."

Ich verdrehe die Augen und schaue zur Seite. Dort steht noch immer der Arzt.

„Machen Sie mich endlich los! Ich habe Einfluss und werde diesen nutzen, wenn Sie mich weiter gegen meinen Willen fesseln."

„Ich brauche Ihre Zusicherung, dass Sie sich ruhig verhalten und nicht heftig bewegen."

„Dazu müssten Sie mir zusichern, dass ich nicht bei jeder Bewegung gleich ans Bett fixiert werde."

Der Arzt lacht und sagt: „Deal!"

„Mit mir können Sie Deutsch reden."

Wieder lacht er, sagt: „In Ordnung", und bindet mich endlich los. Er bleibt noch einen Moment stehen, wohl, um zu schauen, ob ich ihm keine scheuern will. Doch so verrückt wie er glaubt bin ich nicht.

*****

Als er endlich die Tür hinter sich schließt, schaue ich mich um. Rechts neben mir liegt jemand in einem Bett und scheint zu schlafen. Das kann mir nur recht sein. Links erkenne ich einen Schrank und eine Tür, über mir der Fernseher. Doch er läuft nicht.

Jetzt spüre ich etwas in meiner Hand und halte es höher, damit ich es sehen kann. Es ist ein roter Knopf an einer Schnur, vermutlich die Klingel.

Drei Mal muss ich darauf drücken und mehrere Minuten warten, ehe endlich diese dicke Schwester hereinkommt.

„Machen Sie den Fernseher an!"

„Wie bitte?"

„Den Fernseher."

Ich zeige mit der Hand Richtung Decke.

Sie geht um mein Bett herum und greift vom kleinen Blechschrank neben meinem Bett eine Fernbedienung. Die hatte ich bisher nicht bemerkt, obwohl sie genau in Augenhöhe lag.

„Bitteschön!", sagt sie etwas bissig.

Offenbar ist sie ein launisches Frauenzimmer.

„Kommen Sie allein zurecht? Oder brauchen Sie weitere Hilfe?"

Jetzt wird das junge Ding frech. Wortlos greife ich das Teil, das große Tasten hat. Nur Zahlen, vier Pfeile und einen roten Knopf. Den drücke ich, doch es tut sich nichts.

„Das Ding ist kaputt", beschwere ich mich.

„Sie brauchen nur die Programmnummer zu drücken."

Das weiß ich selbst.

Als endlich ein Bild zu sehen ist, sagt diese Rita noch einmal: „Bitteschön."

Dann geht sie aus dem Zimmer.

Welches Programm ich auch wähle, es kommt nur Schrott: alberne Shows, Serien für Frauen, kein Sport und nicht einmal Nachrichten. Ich drücke den roten Knopf, werfe die Fernbedienung aufs Bett und versuche zu schlafen.

*****

„Alles in Ordnung?“, fragt mich Rita am nächsten Tag.

Wie kann alles in Ordnung sein, wenn ich im Krankenhaus liege und mich weder drehen noch wenden kann? Entweder, sie meint diese Frage gar nicht ernst oder es ist reiner Sarkasmus. Ich mag sie nicht.

Noch weniger mag ich die Nachtschwester. Sie ist spindeldürr und alt und guckt prüfend auf die Betten, als wenn es für jeden Krümel oder jede Falte Schelte gäbe. Es ist ungehörig, so zu gucken.

Eigentlich bin ich ganz froh, dass Rita wieder Dienst hat und überlege, was ich ihr sagen oder sie fragen könnte. Allerdings weiß ich nicht, worüber man mit einer Krankenschwester so redet. Mich wundert ihr altmodischer Name. Kein Mensch heißt heutzutage Rita, schon gar nicht so junge wie sie.

„Wie sind Sie zu diesem hässlichen Namen

gekommen?", frage ich schließlich und gebe ihr damit zu verstehen, dass ich mich für sie interessiere.

Sie lächelt und sieht dabei fast hübsch aus.

„Die verstorbene Schwester meiner Mutter hieß Rita. Der Name ist eine Erinnerung."

„Weil sich Ihre Mutter an ihre Schwester erinnern will, sind Sie Ihr ganzes Leben lang mit diesem scheußlichen Namen gestraft."

Rita schüttelt lachend ihren Kopf.

„Aber nein! Ich liebe meinen Namen. Rita bedeutet Kind des Lichts oder die Perle, in Indien steht Rita für die Wahrhaftige, die Gerechte."

Ich wusste gar nicht, dass Namen nicht einfach nur Namen sind, sondern etwas bedeuten. Kein Mensch macht sich über Vornamen Gedanken. Oder die falschen, weil viele wohl einen Namen aus einem Film oder nach einer Mode wählen. Da gibt es dann eine Monique Schulze oder einen Elliott Müller. Lächerlich! Die Namen für unsere vier Töchter hat Monika ausgesucht, das ist Frauensache. Ich glaube nicht, dass sie sich Gedanken darüber gemacht hat, was diese Namen bedeuten.

Vier Töchter! Ich habe vier Töchter, aber keinen Sohn. Mein Gedächtnis funktioniert also wieder. Angespannt grüble ich nach den Namen. Schließlich fallen sie mir ein: Nadine, Julie, Sonja und Sandra. Nadine ist die Älteste und wohnt wie ich in Chemnitz.

In diesem Moment kommt Schwester Rita zur Tür herein. Sie stellt sich neben mein Bett und hält mir ein Smartphone vor die Augen.
„Was soll ich damit?"
„Lesen Sie!", fordert sie mich auf.
„Die Schrift ist viel zu klein."
„Sie heißen doch Karl-Günther, nicht wahr?"
Auf solch eine blöde Frage, die gar keine Frage ist, antworte ich nicht. Schließlich weiß sie sehr genau, wie ich heiße.
„Da steht, dass Karl kleiner Mann bedeutet, mein kleiner Mann, mein lieber Gatte", erklärt Rita lachend.
Ich schnaufe verächtlich und überlege, ob Monika das weiß, weil sie doch immer Karli zu mir sagt? Ich werde sie nicht fragen.
„Und Günther? Was heißt Günther?"
Rita lächelt und antwortet: „Günther kämpft als Krieger für sein Heer."
So ein Quatsch!
„Ich habe kein Heer."
„Aber Sie haben eine Familie. Und Sie haben ganz sicher immer alles getan für Ihre Familie, für sie gekämpft."
Für sie gekämpft? Ernährt habe ich sie, alle fünf Weiber durchgefüttert. Söhne habe ich leider nicht, weil meine Frau nur Töchter zur

Welt brachte, was ich der nie verzeihe. Deshalb ignoriere ich auch die Fotos von den Mädels auf der Kommode und schaue sie nur an, wenn sie es nicht sieht.

„Und jetzt kümmert sich Ihre Familie um Sie, Ihre Frau kommt jeden Tag und auch Ihre Tochter war schon mehrmals da."

Jeden Tag? Wie lange bin ich denn schon hier?

Nadine

Jedenfalls erinnere ich mich plötzlich sehr gut an Nadine, klarer, als mir lieb ist. Ich ertrage sie nicht, weil sie so viel Schuld auf sich geladen hat. Ich mag auch nicht an sie denken.

Und doch geht sie mir nicht aus dem Kopf.

Nadine ist meine Erstgeborene. Im letzten Monat ist sie vierzig Jahre alt geworden. Ich war nicht auf ihrem Fest und mochte auch nichts davon hören, als Monika erzählen wollte. Monika besucht sie ständig, doch ich will sie nicht mehr sehen.

Dabei war sie früher die angenehmste von allen vier Töchtern. Sie war so ein ruhiges und vernünftiges Kind und viel gescheiter als ihre drei jüngeren Schwestern. Niemals sprang und kreischte sie sinnlos herum oder kicherte albern wie es Mädchen normalerweise tun. Alles, was sie tat, war überlegt und klug.

Sie wählte auch ihren Mann mit Verstand aus, wie es jeder intelligente Mensch tun sollte. Ich mochte ihn. Er war ein in der Stadt hochangesehener Beamter im Baudezernat, der gut verdiente und für seine Frau sorgen konnte.

Ein Jahr nach der Hochzeit bekamen sie ihr Kind, einen Jungen. Sie nannten ihn Justin, als gäbe es nicht genug ganz normale deutsche Namen.

Kaum war das Kind auf der Welt, veränderte sich Nadine, leider zu ihrem Nachteil. Ich konnte mit ihr keinen vernünftigen Satz mehr sprechen, weil sie ausnahmslos von Justin faselte, als ob dieses Kind der Nabel der Welt wäre und ansonsten nichts anderes irgendeine Bedeutung hätte. Sie schleppte es herum, als hätte es keine eigenen Füße.

Zudem gehörte sie wohl einer Art Ernährungsreligion an, die sie extrem ernst nahm. Sie kaufte nur noch im Bio-Bauernmarkt ein und behauptete, die Wurst im Supermarkt wäre gar keine Wurst, sondern eher Sägemehl. Sie muss verrückt geworden sein. Sie glaubte sogar, Süßigkeiten seien schädlich für Kinder und verbot uns, dem Jungen Bonbons zu geben. Er könnte es verschlucken und daran ersticken. Aus Sorge, ihrem Kind könnte etwas passieren, ließ sie es keinen Augenblick aus den Augen. Nichts konnte der Junge allein machen, schon gar nicht allein hinaus auf die Straße oder zum nahen Spielplatz.

Trotzdem geschah ein großes Unglück! Und zwar durch ihre eigene Schuld.

Kurz vor der Einschulung fuhren sie mit Justin an die Ostsee. Ich ermahnte sie, dem Jungen das Schwimmen beizubringen. Doch Nadine fand, er war noch viel zu klein, um ins tiefe Wasser zu dürfen. Außerdem mochte er das Wasser nicht, er spielte lieber am Strand.

Nadine saß neben ihrem Mann im Strandkorb und hatte ihren Sohn im Blick, der mit anderen Kindern umherlief. Die Kinder holten in kleinen Eimern Wasser aus der See, gossen es in den Sand und bauten Burgen oder matschten vergnügt herum. Nadine hatte ihre Freude beim Zusehen.

Plötzlich konnte sie ihren Sohn nicht mehr entdecken. Sie sprang auf und schaute sich suchend um. Doch er war nirgendwo zu sehen. War er weggelaufen, obwohl sie ihm einge-schärft hatte, immer am Strand in der Nähe zu bleiben? Panisch rannte Nadine hin und her, zum Wasser und wieder zurück, und schrie seinen Namen. Sie befragte jedes einzelne Kind und jeden Erwachsenen am Strand, ob jemand den Jungen gesehen hätte. Er konnte sich schließlich nicht in Luft aufgelöst haben. Schließlich glaubte sie, er sei entführt worden.

Dann sah sie ihn: einen Mann, der ein Kind trug, dessen Arme und Beine schlapp herunterbaumelten. Es war zu weit entfernt, um etwas zu erkennen, doch sie wusste sofort, es war ihr Sohn.

Obwohl nahezu im gleichen Augenblick Bademeister, Sanitäter und Rettungsdienst zur Stelle waren, kam jede Hilfe zu spät.

Justin rutschte wohl in ein vom Wasser ausgespültes Loch und ertrank. Keiner hatte es bemerkt. Wo hatte seine Mutter ihre Augen? Ich kann ihre Unachtsamkeit bis heute nicht verstehen und schon gar nicht verzeihen.

Von diesem Tag an kümmerte sich Nadine um gar nichts mehr. Nicht um ihr Haus, nicht um ihren Mann, nicht um sich selbst. Sie lag am hellen Tag im Bett, ging nicht ans Telefon und öffnete niemandem die Tür. Ich konnte mich mit ihr nicht mehr unterhalten, weil sie schwieg statt zu antworten oder mitten im Gespräch anfing zu weinen. Mit einem Wort: Sie war unerträglich. Ich habe kein Verständnis für jemanden, der sich so gehen lässt, zumal sie an allem selbst schuld war. Sie als Mutter hätte auf ihr Kind besser achten müssen.

So sah das natürlich auch ihr Mann. Durch ihre Schuld hatte er seinen einzigen Sohn verloren. Mit solch einer Frau mochte er nicht länger zusammenleben und reichte recht bald die Scheidung ein. Nadines Anwalt versuchte zwar, eine Mitschuld zu erwirken, weil er während des Unglücks neben seiner Frau saß. Doch der Richter ließ sich auf keine Diskussion ein und sprach ohne großes Federlesens die Scheidung aus. Nadine schaute während der gesamten Verhandlung wie abwesend vor sich hin und sagte kein einziges Wort. Was hätte sie auch sagen sollen?

Von diesem Tag an hatte ich nie mehr das Gefühl, dass sie mich anschaute. Entweder, sie sah wie leer durch mich hindurch oder drehte den Kopf zur Seite. So etwas tut man nicht. Der Mensch muss sich beherrschen können. Doch Nadine gelang das nicht.

Monika ging damals jeden Tag zu ihr, obwohl ich es ihr verbot. Sie putzte im Haus, wusch die Wäsche, erledigte die Einkäufe und kochte sogar das Essen.

„Du unterstützt ihre Liederlichkeit", schimpfte ich. „Damit hilfst du ihr nicht."

„Niemand kann ihr helfen, ihren Schmerz zu ertragen. Auch ich nicht."

„Sie hätte besser aufpassen müssen", war meine Antwort.

*****

Sechs Jahre später stellte uns Nadine ihren Kollegen vor. Er war Lehrer wie sie, sah aber nicht danach aus mit seinen langen Haaren und der nachlässigen Kleidung. Als ich ihn fragte, ob er etwa so vor seine Schulklasse trete, lachte er mir frech ins Gesicht. Offenbar besaß er nicht einmal einen anständigen Anzug. Wie kann man solch einem windigen Typ vertrauen? Nadine sagte, dass ihr im Leben noch niemals jemand so aufmerksam zugehört hätte wie er. Deshalb habe sie sich in ihn verliebt.

Zuhören ist keine Leistung und Lehrer in einer Grundschule für einen Mann kein passender Beruf. Ein naturwissenschaftliches Unterrichtsfach im Gymnasium ließe ich mir gefallen, aber für kleine Kinder sind die Frauen zuständig.

Wenn Nadine mit solch einem Weichling zurechtkommt, ist es ihre Sache und nicht mein Problem. Sie wird schon sehen, was sie davon hat.

Wie nebenbei erfuhren wir, dass sie ein Kind erwarten und noch vor dessen Geburt heiraten wollen. Doch es kam nicht dazu. Der Mann verunglückte mit seinem Motorrad und starb noch an der Unfallstelle.

Wenige Wochen später wurde die Tochter ge-

boren, ein mickriges Frühchen, dessen Leben keinen Pfifferling wert war.
Doch es überlebte.

*****

Nun war alles umgekehrt: Nadine hatte ein Kind, aber keinen Mann. Sie versorgte das Baby, doch sie weigerte sich, es in den Arm zu nehmen und herumzutragen. Ich fand das gut, doch Monika sah das anders. Sie sprach sehr besorgt von einer Depression nach der Geburt, wofür es sogar einen Fachausdruck gibt. Heutzutage gilt offenbar mangelndes Pflichtgefühl als eine Krankheit. Wenn eine Frau keine Lust auf ihr Kind hat, hätte sie keines in die Welt setzen sollen! So einfach ist das.
Angeblich soll die Trauer um ihr ertrunkenes Kind, die darauffolgende Scheidung und der Unfalltod ihres Freundes eine tiefe Depression verursacht haben. Ich glaube das nicht, denn das sind alles ganz verschiedene Paar Schuhe. Man kann nicht einfach alles in einen Topf werfen, aufsummieren und zu einer Krankheit erklären.

Mir ging jedenfalls Nadines trübsinnige Miene und das ständige Geheule mächtig auf die Nerven. Sie machte auf mich einen fahrigen

Eindruck und wirkte wie abwesend, als ob ihr meine Gegenwart und meine Ratschläge nichts wert wären. Deshalb war es ganz gut, dass sie uns nicht mehr besuchte. Anschauen konnte man sie ohnehin nicht mehr, denn sie wurde immer dünner, war nur noch ein Strich in der Landschaft. Schließlich verbrannte sie sich beide Hände. Sie war eben fahrig und unkonzentriert.

Doch Monika packte umgehend ihre Sachen und zog zu Nadine in die Wohnung. Angeblich hatte sich unsere Tochter mit voller Absicht selbst verletzt. Ich sehe bis heute keinen Sinn darin. Warum sollte sich jemand absichtlich Schmerzen zufügen? Das ist unlogisch und hilft niemandem weiter. Angeblich ist auch das eine psychische Erkrankung, von der Frauen häufiger als Männer betroffen sind.

Der Arzt riet zu einer Therapie in einer Klinik. Doch Nadine lehnte ab, weil sie nur traurig sei und nicht verrückt. Offenbar dürfen heutzutage die Patienten eine ärztlich angeordnete Behandlung ablehnen. Nadine lehnte auch Hilfe bei der Betreuung des Säuglings ab. Sie wollte keine fremden Leute im Haus haben. Deshalb packte Monika ihre Sachen und zog zu Nadine und dem Baby.

Vier volle Monate wohnte sie dort, während ich allein zurechtkommen musste. Sie hielt es die ganze Zeit über nicht für nötig, das Essen für mich zuzubereiten oder das Haus zu putzen. Am meisten ärgerte mich, dass sie nicht einmal meine Wäsche wusch, vom Bügeln meiner Hemden ganz zu schweigen. Ich musste alles selbst in die Reinigung tragen. Zum Glück hatte ich im Amt mittags eine warme Mahlzeit und konnte mir im Speiseraum jederzeit belegte Brötchen, Kaffee und Kuchen kaufen.

Damals haben wir uns auseinander gelebt, die Monika und ich. Mir ist klar geworden, wie stur sie ist, direkt eigensinnig.
Und jetzt ist sie außerdem alt. Alt und verbraucht mit Falten im Gesicht, breiten Hüften und einem schlurfenden Gang. Mit ihr kann ich keinen Staat mehr machen und gehe deshalb nicht mehr mit ihr aus. Außerdem haben die Geburt der vier Mädchen und der ganze Ärger mit ihnen sichtbar ihre Spuren hinterlassen.
Dazu das verwöhnte Enkel, das inzwischen sechs Jahre alt ist, immerzu an Monikas Rockzipfel hängt und sich dahinter verkriecht. Ich mag dieses seltsame Kind nicht, mit dem man nichts anfangen kann. Es spricht nicht, jedenfalls nicht mit mir. Ständig hat es klebrige Finger und nuckelt Limo aus einer Trinkflasche. Ich will das Mädchen nicht in meinem Haus haben.

Es piept mehrmals. Schwester Rita fummelt an dem Schlauch herum, der links neben meinem Kopf an einem Gerät hängt. Er verbindet einen Beutel voller Flüssigkeit mit meinem Körper. Rita hat mir erklärt, dass mir ein Venenkatheder in den Arm gesetzt wurde und ich darüber nach der Operation ernährt wurde und auch meine Schmerzmittel bekomme.

Mir ist wohlig zumute. Ich träume vor mich hin und erinnere mich plötzlich an ein Gespräch mit zwei unbekannten Herren, die an meinem Bett standen. Ich kannte sie nicht und habe auch ihre Namen nicht verstanden. Sie sagten, sie kämen von der Polizei, obwohl sie keine Uniformen trugen. Sie befragten mich zu meinem Unfall. Doch ich weiß von keinem Unfall und kann mich an nichts erinnern. Natürlich habe ich begriffen, dass es einen Unfall gegeben haben muss. Sonst läge ich nicht schwerverletzt im Krankenhaus. Weil sie mir nicht glaubten und immer weiter fragten, spuckte ich sie an. Da ließen sie mich in Ruhe und gingen fort.

Wann war das eigentlich? Vorhin? Gestern? Ich glaube, ich bin wirklich ein wenig verwirrt. Aber verrückt bin ich nicht. Da bin ich mir sicher.

Julie

Endlich darf ich nach Hause.
Wir wohnen im russischen Viertel. Das Viertel heißt nicht so, weil hier Russen wohnen, sondern weil alle Straßen nach russischen Komponisten benannt sind. Die meisten kenne ich nicht, aber immerhin Tschaikowsky, Prokofjew, und Rubinstein. Wir wohnen in der Borodinstraße. Ich habe mal nach seiner Musik gegoogelt, doch sie gefällt mir nicht. Immerhin muss man den Namen Borodin nicht buchstabieren wie zum Beispiel bei Stravinsky.

In unserer Straße gibt es nur Reihenhäuser. Wir sind die einzigen mit einem großen freistehenden Haus. Ein Banker aus der Westen hat es gleich nach der Wende gebaut, doch ihm gefiel es nicht in Chemnitz und er ging zurück ins Rheinland. Dank meiner guten Beziehungen im Amt bekam ich das Haus und zwar recht günstig.
Ich habe sofort einen hohen Zaun aus Metall um das gesamte Grundstück ziehen lassen mit einem Tor, das sich nur mit einem Schlüssel öffnen lässt. Ich mag keine Nachbarn oder gar Fremde an der Haustür und auch keine

lärmenden Kinder. Monika schimpft jedes Mal, wenn sie erst hinaus ans Tor muss, wenn jemand klingelt.

Darüber sollte sie sich nicht aufregen, denn in unserer Neubauwohnung war es auch nicht anders. Es gab weder eine Sprechanlage noch einen Fahrstuhl und sie musste fünf Treppen steigen. Sie hat also keinen Grund, sich zu beklagen. Auch über die winzige Nasszelle hat sie immer gemeckert. Doch man geht schließlich immer allein ins Bad und benötigt nicht allzu viel Platz. Die Küche reichte zum Kochen locker aus, gegessen wurde in der Stube, die sogar Fernheizung hatte.

Die Zuweisung für diese Wohnung verdankte ich ebenfalls meinen guten Kontakten. Es gab zwar keine Zufahrtsstraßen ins Wohngebiet, doch immerhin Kindergarten und -krippe, eine Schule und sogar eine Kaufhalle.

Jetzt haben wir gleich nebenan in der Afanass-jewstraße eine Apotheke, einen Bäcker und einen Blumenladen. Dort kauft Monika ständig Blumen, obwohl wir den ganzen Garten voll davon haben. Überall im Haus verteilt sie Blumentöpfe und Vasen voller Grünzeug. Firlefanz!

*****

Monika schließt die Haustür auf und mir springen vier Kinder entgegen. Ich kenne diese Kinder nicht.

„Papa!"

Meine Tochter Julie drängt sich an den Kindern vorbei und fällt mir um den Hals. Ich mag ihre stürmische Art nicht. Sie ist nur ein Jahr jünger als Nadine, aber äußerlich und vom Wesen her komplett anders, als stamme sie aus einer ganz anderen Familie. Auf jeden Fall müssen das ihre Plagen sein: drei große Jungs und ein kleines Mädchen, das ich noch nie zuvor gesehen habe. Wenigstens hat Julie Söhne, gleich drei davon – ich nicht einmal einen einzigen. Dass wir so viel Besuch in meinem Haus haben, hätte man mir sagen müssen.

„So pass doch auf!", mahne ich.

Die Operation ist erst drei Wochen her. Ich soll mich schonen, nicht schwer heben, mich nicht aufregen und mich keinesfalls erkälten. Kinder bringen Unruhe und Krankheiten mit. Und Aufregung. Ich will sie hier nicht haben. Wütend schaue ich mich um. Überall liegt Spielzeug. Ich hasse diese Unordnung, aber Monika schaut entzückt in die Runde, als wären diese lärmenden Kinder ihr größtes Glück.

Die Stube sieht verändert aus. Das Sofa, das vor kurzem noch an der Wand stand, steht jetzt direkt vor dem Fenster. Dafür befindet sich mein Sessel mitten im Raum, davor der Couchtisch. Mich macht es wütend, dass Monika ständig etwas verändern und verbessern will. Nie ist sie wirklich zufrieden. Neulich sollte eine neue Lampe her, obwohl die alte noch tadellos funktioniert. Und jetzt musste die gesamte Sofaecke weichen. Mir gefällt das nicht.

„Wollt ihr einen Kakao?", fragt Monika fröhlich, als würden ihr die Kinder damit eine Freude bereiten.
„Jaaaa!", grölt es von allen Seiten.
Sie klatscht vergnügt in die Hände, als hätte sie soeben einen Preis gewonnen.
„Ich habe Kuchen gebacken. Schokoladenkuchen mit Kirschen drin."
„Wow!"
Wau? Haben die etwa einen Hund? Suchend schaue ich mich um. Tiere dulde ich nicht in meinem Haus. Auf gar keinen Fall!
„Du packst jetzt meine Tasche aus und dann wünsche ich einen Kaffee", erinnere ich an mich. „Und zwar in meinem Arbeitszimmer."
Ich brauche meine Ruhe, keine umherspringenden und lärmenden Kinder. Das mochte ich noch nie leiden, schon gar nicht jetzt nach dem langen Aufenthalt im Krankenhaus.
Ich fühle mich ein wenig schwach. Deshalb

lasse ich mich gleich in den Sessel fallen statt wie angekündigt ins Arbeitszimmer zu gehen.

„Lass nur, Mama. Ich koche den Kaffee und decke den Tisch", flötet Julie und hopst wie ein albernes Kind in die Küche.

Das sollte sie besser bleiben lassen, denn was sie anfasst, fällt herunter und geht kaputt. Sie ist und bleibt ein Trampel. Am schlimmsten ist, dass sie darüber lacht. Ich mag sie nicht. Sie ist mir zu laut und immer wie aufgezogen fröhlich. Das ist nicht normal. Außerdem sieht sie aus wie meine Schwester, die ich auch nie leiden konnte – nur jünger. Groß, blond, blaue Augen. Die anderen drei Töchter kommen mehr nach Monika: klein, dünn, dunkel. Unscheinbar eben, durchschnittlich.

„Wie geht es dir, Opa?", fragt einer der Jungen. Es ist der Große. Wie soll es mir schon gehen nach drei Wochen Krankenhaus? Ich glaube nicht, dass ihn das wirklich interessiert. Vermutlich will er sich nur beliebt machen.

Jedenfalls beantworte ich solch eine dumme Frage nicht.

Jetzt kriecht mir die Kleine auf den Schoß. Ich schiebe sie weg. In meinem Leben habe ich genug kleine Mädchen auf meinen Knien schaukeln müssen. Damit ist jetzt Schluss! Endgültig. Außerdem kenne ich das Kind nicht.

„Das ist Emelie!", ruft Monika aus der Küche.

Namen sind nur Schall und Rauch und eigentlich gleichgültig.

Dabei fällt mir Schwester Rita ein, die jedem Namen eine Bedeutung zuschreibt. Das halte ich nach wie vor für albern. Trotzdem nehme ich mir vor, bei Gelegenheit nach Monika und den Namen der Töchter zu googeln. Man weiß nie, wobei mir das nützen könnte.

„Wie alt bist du?", frage ich, obwohl es mich eigentlich nicht interessiert.

Emelie hält ihre rechte Hand hoch und biegt mit der linken den Daumen zurück. Das soll wohl vier bedeuten. Und es bedeutet, dass ich Julie und ihre Kinder mindestens fünf Jahre nicht gesehen habe. Ich mochte besonders Paul, den Jüngsten der drei Jungs, obwohl ich mich nie mit diesem altmodischen Namen abfinden werde. Wer nennt heute sein Kind Paul? Das war schon zu meinen Schulzeiten altmodisch. Jetzt wird der Junge zehn Jahre alt sein. Ein hübscher Bursche und angenehm zurückhaltend.

Paul schreibt etwas auf einen Zettel und hält ihn mir hin.

„Opa, was heißt das?"

Ich greife nach dem Blatt, kann aber die zwei Zeilen voller Großbuchstaben nicht deuten:

FRI

EDEN.

„Ist das Englisch?“

Englisch könnte möglich sein, denn Fri steht für Freitag, allerdings nicht in Großbuchstaben.

„Mit Eden könnte der Garten Eden gemeint sein.“

Ungläubig zuckt Paul mit der Schulter und sagt: „Das kenne ich nicht.“

„Der Garten Eden ist das Paradies. Deshalb glaube ich, es ist die Werbung eines Reisebüros, weil jetzt Ferien sind. Man soll an einem Freitag in den Urlaub fliegen.“

Paul schaut mich skeptisch an. Dann reicht er mir einen zweiten Zettel.

WIDE

RS

TAND.

„Und das? Was heißt das?“

Vermutlich ist es ein Spiel, irgendein Rätsel. Ich mag weder Spiele noch Rätsel und gebe ihm den Zettel zurück.

„Ist das auch Englisch?“

Ich mag nicht zugeben, dass ich das nicht weiß.

„Vermutlich hast du Recht und es ist Englisch, falls man die Buchstaben klein schreibt. Wide heißt weit oder breit. RS könnte ein Firmenkürzel sein.“

„Ein was?"

„Der Name einer Firma oder Marke wie zum Beispiel BMW für Bayerische Motorenwerke."

Der Junge nickt.

„Und Tand ist Firlefanz, Trödel, alter Kram, den keiner braucht."

Wieder nickt der Junge. Trotzdem sieht er nicht so aus, als ob er sich mit meinen Erklärungsversuchen zufrieden gibt. Mit Worten allein aus Großbuchstaben in einem Mix aus Deutsch und Englisch kann ich nichts anfangen.

„Kennst du die Lösung?", frage ich seinen großen Bruder.

Der lacht und sagt: „EDEN ist die Abkürzung für Er Denkt Ernsthaft Nach."

Paul verzieht das Gesicht und ich merke, dass der Junge wirklich wissen will, was diese Buchstaben bedeuten.

„Woher hast du diese Zeichen?", erkundige ich mich.

„Die stehen auf großen Schildern, die überall in jeder Straße hängen."

„Wahlplakate! Er meint die Wahlplakate."

Monika hat Recht. Überall hängen Plakate für die Wahl im nächsten Monat. Ich kann ohne Brille nur wenige von ihnen lesen. Meist ist nur ein Gesicht oder ein verworren kurzer Satz zu sehen. Der Name der Partei ist derart klein gedruckt, dass ich ihn nicht erkenne, schon gar

nicht im Vorbeifahren. Doch auf einem Wahlplakat ergeben diese seltsamen Großbuchstaben
erst recht keinen Sinn.
Pauls älterer Bruder schreibt die Buchstaben
nebeneinander. Monika greift sich den Zettel
und lacht. Sie nimmt dem Jungen den Stift aus
der Hand und schreibt Widerstand und Frieden.
Zwei wichtige Dinge, die man nicht mit falscher
Rechtschreibung lächerlich machen sollte,
schon gar nicht auf einem Wahlplakat. Welcher
Partei ist die deutsche Rechtschreibung derart
gleichgültig, dass sie Groß- und Kleinschrei-
bung und die korrekte Silbentrennung ignoriert?
Nur kleine Kinder wie Paul haben Spaß daran,
solch ein seltsames Buchstabenrätsel zu lösen.
Allerdings können diese Kinder nicht wählen
gehen.
„Wer kommt auf derartigen Schwachsinn?“,
frage ich.
„Ich glaube, das ist die Linke“, vermutet
Monika. „Vermutlich legen sie mehr Wert auf
die Aussage der Worte und nicht auf deren korrekte Schreibweise.“
Ich greife mir an den Kopf, weil das komplett
unlogisch ist. Wer das Wort nicht lesen kann,
begreift erst recht nicht die Aussage. Genau
das sage ich ihr.
„In den Schulen dürfen die Kinder schon seit
einigen Jahren so schreiben wie sie sprechen.“

„Wie meinst du das?", frage ich ungläubig.

„Faddor zum Beispiel statt Vater; oder Kinnorgordn statt Kindergarten."

Jetzt will sie wieder dumme Scherze machen, obwohl sie weiß, dass mir im Moment nicht zum Spaßen zumute ist.

„Das glaube ich nicht", sage ich verärgert.

„Und doch ist es so."

Julie lacht und sagt: „Dann werden sich meine Jungs hier schnell einleben, weil sie die deutsche Sprache nur gerade so mündlich beherrschen."

Ich kann darüber nicht lachen und frage mich, wo das hinführen soll, wenn jemand Schwierigkeiten mit der Muttersprache hat. Sie ist die Basis für alles Weitere, also werden diese Kinder weder Mathematik, noch Physik, Erdkunde oder sonstige Grundlagenfächer begreifen.

Immerhin begreife ich, dass Julie ihre Kinder hier in die Schule schicken will, also kehrt sie nach Deutschland zurück. Sie hat während der letzten fünf Jahre mit ihrer Familie in Griechenland gelebt.

„Warum bist du eigentlich hier?", frage ich sie.

Sie umarmt mich stürmisch, antwortet aber nicht. Irgendetwas stimmt hier nicht. Noch einmal schaue ich mich um. Dabei fällt mir auf, dass ihr Mann fehlt. Zum Glück. Er ist dumm und ignorant, ein unangenehmer Besserwisser und traut sich wohl nicht, mir unter die Augen zu treten.

*****

Julie war nicht viel älter als zwanzig Jahre, als sie ihn anschleppte: einen Schönling mit schwarzen Locken und Goldkettchen. Ich sah sofort, dass es ein Nichtsnutz war und verbot ihr den Umgang mit diesem Windhund. Sie heiratete ihn trotzdem und bekam bald darauf drei Söhne, aller zwei Jahre einen. Offenbar lief die Ehe gut. Trotzdem war mir der junge Mann nach wie vor unangenehm, zumal er stets so überheblich lachte, vor allem dann, wenn es gar nichts zu lachen gab.
Julie wollte wieder arbeiten, wenn Paul, ihr Jüngster, in die Vorschule kommt. Ihr Mann verdiente gut beim hiesigen Energieversorger. Doch er verfiel plötzlich auf die absurde Idee, eine Autowerkstatt zu eröffnen. Eine Autowerkstatt! Und das, obwohl er nur privat gern an Autos herumbastelte, aber keine entsprechende Ausbildung und schon gar keinen Meisterbrief hatte. Für diese Schnapsidee wollte er seinen sicheren Arbeitsplatz aufgeben. Ersparnisse schien er keine zu haben, denn die unverschämt hohe Geldsumme für die komplette

Ausstattung erwartete er ausgerechnet von mir. Er sprach von einer einmalig günstigen Gelegenheit. Doch solch einen Unfug unterstütze ich nicht. Monika hatte diesem Tölpel unsere finanzielle Hilfe zugesichert. Sie meinte, das Geld liege nur auf der Bank und nütze niemandem. Mir nützt es sehr wohl. Es bringt Zinsen und ist mein mühsam ersparter Notgroschen. Man weiß ja nie, was das Leben so bringt und wozu man es brauchen kann.

Ich habe diesem Nichtsnutz die Tür gewiesen. Anders wird man solche Leute, die einen um Geld anbetteln, nicht los.

Kurz darauf berichtete Monika, dass Julie mit der ganzen Familie nach Griechenland ausgewandert sei. Ausgerechnet Griechenland! Ich kenne das Land nur aus Fernsehdokumentationen und das reicht mir vollkommen. Dort scheint es kaum Bäume zu geben, die Landschaft besteht aus Steinen, Dreck und dem Meer. Vor allem aber aus Ruinen. Überall sieht man Säulen, die einzeln oder in Gruppen herumstehen. Warum schafft dort keiner Ordnung? Man kann aus den alten Steinen etwas Sinnvolles bauen oder sollte sie entsorgen, aber nicht herumliegen lassen, wenn sie zu nichts mehr zu gebrauchen sind. Ich habe kein Verständnis für derartige Liederlichkeit und schon gar keins für Julie, die in solch einem Land wohnt, obwohl sie es nicht muss.

Monika war ganz außer sich vor Kummer und Zorn und sagte, ich allein sei schuld daran. Das ist natürlich Unsinn. Jeder ist seines Glückes Schmied und trägt ganz allein die Schuld an seinem Unglück. So wie Julie.

Man sollte dort leben, wo man geboren ist, weil es nur Chaos verursacht, wenn man woanders sein und einen anderen Arbeitsplatz haben will. Vielleicht glaubt dieser Dummkopf von Schwiegersohn, sein Glück anderswo leichter zu finden. Doch man muss überall auf der Welt hart arbeiten, wenn man es zu etwas bringen will.

Mit solchen Leuten, die ihre soziale Sicherheit und ihr Vaterland mit Füßen treten, will ich nichts zu tun haben. Sie interessieren mich einfach nicht.

Monika dagegen war sehr interessiert an allem. Sie wollte jeden Tag wissen, wie es Julie und vor allem ihren Enkeln geht. Dafür kaufte sie sich extra ein modernes Handy, ein Smartphone, und bejubelte jedes einzelne Foto, das ihr geschickt wurde. Ich wollte die Bilder gar nicht sehen, Monika hielt sie mir trotzdem ständig unter die Nase.

Nicht lange nach der Auswanderung zeigte sie mir jeden Tag Babyfotos. Nun war Monika ganz aus dem Häuschen und schickte Pakete mit Spielzeug für die Jungs und Babysachen für die kleine Emelie.

„Emilie? Wieder so ein alter Name wie Paul", wunderte ich mich.

„Nein, nicht Emilie, sondern Emelie. Dieser Name ist nicht altmodisch und heute sehr beliebt."

Ich sehe keinen Unterschied zwischen Emílie, Emelie, Amelie, Amálie oder Annelie.

Kurz darauf kaufte dieser Nichtsnutz von Schwiegersohn ein Haus, das er zu renovieren gedachte. Und er wagte es tatsächlich, mich erneut um Geld anzubetteln. Ich habe ihn nur ausgelacht für seine Dummheit, absichtlich ein heruntergekommenes Haus zu kaufen, für dessen Instandsetzung ihm das Geld fehlt.

Er wird es nie zu etwas bringen.

*****

„Julie und die Kinder bleiben hier", verkündet Monika. „Vorerst."

„Sie bleiben hier? Was heißt das?"

„Wir wohnen jetzt bei dir und der Omi!", jubelt Emelie und zupft an meinem Hosenbein.

Da habe ich wohl auch noch ein Wörtchen mitzureden! Ich brauche meine Ruhe, meinen

Platz und meine Gewohnheiten. Ich habe mein Leben lang hart dafür gearbeitet und will kein Kindergeschrei mehr hören.

„Ohne mich zu fragen? Was fällt euch eigentlich ein?"

Wütend schaue ich mich nach Monika um. Doch die ist bereits wieder in der Küche verschwunden und klappert laut mit Geschirr. Die wird mich kennenlernen! Wie kann sie es wagen, eine ganze Großfamilie in mein Haus einzuquartieren?

Julie legt ihren Finger an die Lippen und bedeutet so ihren Jungs zu schweigen. Für Emelie gilt das offenbar nicht. Sie tippt mit ihrer kleinen Hand auf mein Knie, bis ich sie anschaue, schiebt ihre Unterlippe vor und stellt fest:

„Der Opa mag uns nicht."

„Doch, der Opa mag uns. Er ist nur ein alter Brummbär."

Julie drückt mir einen Kuss auf beide Wangen, obwohl sie weiß, dass ich das Geschmatze nicht mag.

„Der Papa will uns auch nicht haben", erklärt Emelie mit bekümmerter Miene. „Deshalb weint die Mama immer."

Dabei schiebt sie wieder ihre Unterlippe vor.

„Das stimmt nicht", sagt Julie und lächelt etwas gequält.

„Doch, ich hab´s genau gesehen", beteuert die

Kleine und stampft mit einem Fuß auf, während die Jungs verlegen wegschauen.

„Was ist los bei euch?", will ich wissen und schaue Julie streng an.

„Das erzähle ich dir heute Abend", weicht sie aus.

Jetzt habe ich gefragt. Jetzt will ich eine Antwort, nicht irgendwann am Abend.

„Ehebruch! Richtig?"

Sie nickt und kämpft mit den Tränen. Ich wusste von Anfang an, dass dieser Typ nichts taugt. Doch Julie war schon immer stur und eigensinnig und wollte nicht auf meinen Rat hören. Nun hat sie die Quittung und ihr Mann eine Jüngere, die keine Kinder hat. Hoffentlich zahlt er für die vier, die er in die Welt gesetzt hat.

„Kommt er wenigstens für seine Kinder auf wie es sich gehört?"

„Ich brauche sein Geld nicht", sagt Julie trotzig.

Das klingt ganz so, als käme er seinen Pflichten nicht nach.

„Ob du es brauchst oder nicht: Es steht dir zu und damit basta."

„Kinder, der Kakao steht auf dem Tisch! Der Kuchen auch. Kommt essen!", ruft Monika fröhlich aus der Küche.

Julie stupst einen der Jungen gegen die Schultern und ruft ebenso fröhlich: „Auf geht's!"

Ich bleibe in meinem Sessel sitzen und warte darauf, dass Monika mir Kaffee und Kuchen bringt. Doch ich höre sie in der Küche mit den Kindern lachen und herumalbern. Das tut man nicht bei Tisch. Jetzt ratzen Stühle über die Fliesen und werden Schrammen verursachen. Das ärgert mich. Außerdem sitzt man still bei Tisch und steht erst auf, wenn alle aufgegessen haben.

Heutzutage gilt das wohl nicht, denn Emelie kommt zu mir gerannt und lehnt sich gegen meine Knie.

„Wieso wohnst du hier?", fragt sie und schaut mich treuherzig an.

„Weil das mein Haus ist."

„Aber alte Opas wohnen in einem ganz anderen Haus."

„Wo denn?", frage ich überrascht.

„In einem großen, großen Haus." Emelie stellt sich auf die Zehenspitzen und beschreibt mit ihren Armen große Kreise. „Dort drin wohnen lauter alte Opas und Omas."

Vermutlich meint sie ein Altersheim. Jetzt begreife ich! Julie will, dass ich Platz mache und ins Altersheim ziehe, damit sie mein Haus übernehmen kann. Doch daraus wird nichts! Noch ist es nicht soweit. Noch bin ich Herr meiner Sinne und Herr über mein Haus.

„Und später werden die alten Opas und Omas eingeschläfert", plappert die Kleine munter weiter und schaut mich dabei ernst an.

Eingeschläfert? Also getötet, wenn die Alten zu alt sind. Das Kind spricht aus, worüber sich die Erwachsenen unterhalten. Das ist ungezogen. Doch ich kann nicht anders und muss lachen über die seltsamen Gedanken, die in diesem kleinen Kinderkopf vorgehen. Eingeschläfert.

„Man schläfert Hunde und andere Tiere ein, wenn sie alt und krank sind, aber keine Menschen."

„Papa! Setz dich zu uns!", ruft Julie aus der Küche.

„Der Opa erzählt mir gerade eine lustige Geschichte", ruft Emelie zurück.

Das Einschläfern ist also eine lustige Geschichte. Leider weiß ich nicht, wie ich aus dieser Situation wieder herauskomme und schiebe die Kleine zur Seite.

„Nein. Der Opa liest jetzt die Zeitung."

Ich greife nach rechts, wo immer meine Tageszeitung auf der Ablage liegt, doch heute liegt sie nicht dort. Verärgert schaue ich mich um und beschließe, einfach hier sitzenzubleiben. Jetzt hätte ich Zeit, mich mit Emelie zu unterhalten, doch sie ist längst davongesaust.

*****

Am Abend, nachdem alle vier Kinder im Bett liegen, will ich mich ebenfalls zurückziehen. Der Tag war anstrengend und ich bin rechtschaffen müde, zumal ich auf meine gewohnte Mittagsruhe verzichten musste.

„Papa, jetzt darfst du mich fragen", leitet Julie ein offenbar längeres Gespräch ein.

Doch jetzt will ich nichts fragen. Ich will ins Bett.

„Hast du mein Bett aufgeschlagen?", frage ich.

Monika springt auf. Dass man sie immer an ihre Pflichten erinnern muss! Von allein klappt hier im Haus offenbar gar nichts. Es wurde wirklich Zeit, dass ich wieder daheim bin. Hoffentlich denkt sie wenigstens an den Schlafanzug und hängt ihn über die Heizung im Bad.

„Er hat mit seiner Angestellten rumgemacht", sagt Julie, obwohl ich sie nicht gefragt habe.

„Rumgemacht?"

„Du weißt schon."

Ich weiß gar nichts.

„Ich habe auf sein Wort vertraut."

„Welches Wort denn?"

„Dass er mir treu ist. Er hat es versprochen."

Kein Mann verspricht solch einen Unsinn. Es ist eine alberne Formel zur Trauung, reine Theorie, die im wirklichen Leben nicht zählt.

Trotzdem sage ich: „Vertrauen ist gut, Kontrolle ist besser."

Unauffällig schaue ich hinüber zu Monika. Sie hatte mir damals auf den Kopf zu gesagt, dass ich mit Tanja schlief. Natürlich habe ich es abgestritten. So etwas gibt ein Mann, der etwas auf sich hält, nicht zu.

Sie sagte, wenn man fremdgeht, ist das so, als würde man sein ganzes Hab und Gut in den Fluss kippen. Dann ist alles weg und man muss wieder ganz von vorn anfangen.

Wieso von vorn anfangen? Ich habe ihr nichts weggenommen, also muss auch keiner von vorn anfangen.

Daraufhin meinte sie, dass schlechte Menschen kein schlechtes Gewissen haben, wenn sie andere verletzen. Das hat mich dann wirklich verletzt.

„Ich muss dir nichts erklären", antwortete ich.

Das habe ich nun wirklich nicht nötig.

„Nein, das musst du nicht. Ich merke auch so, was mir dir los ist."

Was heißt das schon? Beweise gibt es jedenfalls keine. Doch ich habe sie gehasst dafür.

„Ihm nachzuspionieren wäre mir zu dumm gewesen. Außerdem war es gar nicht nötig, denn er machte kein Geheimnis daraus. Weder vor mir noch vor den Kunden."

„Welchen Kunden?"

Ich frage mich, ob er tatsächlich das Geld für

eine Autowerkstatt auftreiben konnte und vor allem, ob er mit solch einer Werkstatt Geld verdient. Soweit ich weiß, hat er Elektromonteur gelernt, nicht Automechaniker oder Mechatroniker, wie das heute heißt.

„Welche Kunden hat er denn?", wiederhole ich meine Frage. „Was macht er?"

„Er betreibt einen Schrottplatz."

„Einen was?"

„Schrottplatz. Hast du noch nie davon gehört, dass man Autos irgendwann verschrottet?"

Natürlich habe ich davon gehört. Ich kann mir nur nicht vorstellen, dass man damit viel Geld verdient. Noch weniger kann ich mir vorstellen, dass Julies Mann mit seinem weißen Hemd und dem Goldkettchen mit Ersatzteilen und Schrott handelt. Und auf solch einen Typ ist Julie hereingefallen, obwohl ich sie von Anfang an gewarnt habe.

„Er ist schwierig."

Nichts ist einfach im Leben, schon gar keine Ehe und erst recht keine mit solch einem Windei wie Julies Mann.

„Er ist so ein Schönwetterfreund", erklärt sie. „So lange ich die liebe und fröhliche Julie bin, ist alles in Ordnung. Doch sobald ich ein Problem habe, wird er wütend und fängt an zu streiten."

Sie wird keine wirklichen Probleme haben, weil

sie genau wie damals Monika den ganzen Tag gemütlich daheim sitzt, Kinder hütet und sich die Zeit mit Hauskram vertreibt.

„Wenn zum Beispiel der Gasherd nicht funktionierte oder die Waschmaschine, interessierte ihn das herzlich wenig. Ich musste mich selbst um einen Monteur kümmern, wenn ich kochen oder waschen wollte." Sie kneift ihre Lippen und auch die Augen zusammen und schreit fast. „Aber der Fernseher, das Internet und seine albernen Spielereien wie Lampen, die sich auf Ruf oder Händeklatschen an- und ausschalten oder seine Autos, die von selbst einparken und andere Nutzlosigkeiten – die sind für ihn lebenswichtig." Sie reibt sich nervös die Hände. „Er sagte mir ständig, dass ich alles falsch mache. Aber er sagte mir nie, was genau ich falsch mache."

Nun, wenn sie nicht von allein merkt, was ihn stört, hätte er es tatsächlich deutlicher aussprechen sollen. Aus den Augenwinkeln sehe ich, wie Monika mit der Hand auf mich zeigt. Was soll das nun wieder heißen?

Julie lächelt kurz und schimpft dann weiter auf ihren Ehemann: „Immer, wenn ich mich wohl fühlte, wurde er grob und gemein. Dabei war er gerade so charmant und reizend. Er ist ein einziger Widerspruch: fürsorglich und rücksichtslos, freundlich und aggressiv. Ich musste ihn verlassen! Ich wäre sonst verrückt geworden."

„*Du* hast *ihn* verlassen?", frage ich ungläubig.

„Was hast du dir dabei gedacht? Eine Frau gehört zu ihrem Mann und die Kinder zu ihrer Mutter. Daran gibt es nichts zu rütteln."

„Natürlich gehören Kinder zu ihrer Mutter. Er hat sich ohnehin nie um sie gekümmert. Das war allein meine Sache."

Damit hat er ausnahmsweise Recht. Kinder sind und bleiben Frauensache.

„Dass ich die Kinder mitnehme, hat ihn nicht gestört. Aber er wollte unbedingt sein Gold zurück. Gold, das er *mir* geschenkt hat! Den Ehering habe ich sofort vom Finger gezogen und auf den Tisch geknallt. Die beiden Ketten, das Armband und die Ohrringe gehören mir und nicht ihm. Auch ich gehöre ihm nicht."

Trotzig schaut sie mich an und erzählt weiter.

„Ich habe mich schrecklich gelangweilt in Griechenland. Die Sprache ist für mich ein Buch mit sieben Siegeln und Umgang hatte ich nur mit meinen Kindern."

„Aber man kann doch nicht in einem Land leben, dessen Sprache man nicht spricht", kritisiert Monika.

„Das habe ich schnell gemerkt. Schon mit der seltsamen Schrift kam ich nie zurecht."

„Und dein Mann?"

„Er ist Halbgrieche.“

Nun wird mir klar, warum es ausgerechnet Griechenland sein musste.

„Ein Teil seiner großen Familie war ständig bei uns. Mir war das alles zu viel und verstanden habe ich sowieso kaum etwas.“ Julie seufzt.

„Ich kannte mich mit all den kirchlichen Traditionen nicht aus und wusste nie, wann welche Speise zubereitet werden durfte und wann nicht. Jede Woche gab es irgendein Fest mit Hammel- oder Ziegenfleisch, was ich nun gar nicht mag.“

Das hätte sie alles vorher wissen müssen. Stattdessen verlässt sie Hals über Kopf ihre Heimat und setzt ihre Kinder diesen streng katholischen Bräuchen aus.

„Die Kinder fanden schnell Freunde. Ich nicht. Ich habe nur gute Miene zum bösen Spiel gemacht.“

Monika umarmt Julie und streicht ihr tröstend über die Schulter. Ich kann kein Mitleid mit ihr empfinden. Das sind alles selbstgemachte Probleme, die sie sich ganz allein zuzuschreiben hat.

„Mit Absprachen geht man in Griechenland recht locker um, die nimmt man nicht so bitterernst.“

Das wäre ganz und gar nichts für mich. Ein Mann steht zu seinem Wort, vor allem, wenn es um geschäftliche Dinge geht.

„Und dein Mann?", hakt Monika nach.

„Ach, dem gefiel das. Er versprach allen das, was sie hören wollten, und keiner nahm ihm übel, wenn er sich nicht daran hielt. Er war für seine Landsleute trotzdem der zuverlässige Deutsche."

Das hätte sie vorher wissen müssen, bevor sie in dieses fremde Land ging. Am besten noch vor der Hochzeit. Nun ist sie gebunden und der Zug abgefahren.

„Man denkt nach, *bevor* man handelt. Nun musst du wohl oder übel mit den Folgen deiner Unbesonnenheit leben."

„Wie meinst du das?"

„Du bist ihm davongelaufen wie eine ..."

„Wie wer?"

Wie eine Dirne lag mir auf der Zunge, doch ich spreche es nicht aus, sondern sage: „So etwas tut man einfach nicht."

„Oh doch!", triumphiert Julie. „Immerhin war ich so klug und habe meinen Mädchennamen behalten."

Das fand ich damals direkt abartig, als sie zur Hochzeit den gemeinsamen Familiennamen ablehnte. Die Frau sollte ebenso heißen wie ihr Mann. Sogar Monika fand das nicht gut. Sie sagte, dass das Gefühl der Zugehörigkeit wichtig wäre und man dies mit einem gemeinsamen Namen nach außen trägt.

Julie lacht, was ich in ihrer misslichen Lage völlig unpassend finde und verkündet fröhlich: „Meine Kinder heißen Fischer wie ich, alle vier."

„Da kannst du wirklich stolz auf deine Weitsicht sein. Besser wäre gewesen, du hättest diesen Windhund gar nicht erst geheiratet."

„Ich habe ihn geliebt!", schreit sie mich an.

„Von Liebe wird man nicht satt. Zur Ehe gehört mehr als ein undefinierbares Gefühl."

„So siehst du das also?", braust Julie auf. „Liebe ist das größte Gefühl überhaupt, das allergrößte."

„Mag sein", mischt sich Monika ein. „Doch jeder empfindet Liebe anders und jeder hat auf seine Art Recht."

Genauso ist es! Es gibt immer so viele Meinungen wie Leute am Tisch.

„Eure Ehe hat jedenfalls nicht viel mit Liebe zu tun", faucht Julie.

„Beherrsche dich!", weise ich sie zurecht und schaue Monika mahnend an, damit sie keine Diskussion über unsere Ehe anfängt oder sich gar vor unserer Tochter rechtfertigt. So weit kommt es noch!

„Du warst so unklug, deinen Mann zu verlassen und musst nun sehen, wie du damit zurecht kommst. Es ist allein deine Schuld, wenn es schief geht.“

Dabei ist es längst schief gegangen. Der Mann vergnügt sich in Griechenland mit einer Anderen und Julie sitzt mit ihren vier Kindern hier in meinem Haus und weiß nicht, wie es weitergehen soll.

„Warum hast du dir auch gleich vier Kinder andrehen lassen?“, frage ich vorwurfsvoll.

„Ich wollte schon immer vier Kinder – so wie ihr.“

Sie lächelt mich an. Glaubt sie ernsthaft, ich hätte mir freiwillig vier Kinder angetan. Mir wären schon zwei mehr als genug gewesen.

„Weißt du das nicht mehr?“, hakt sie nach.

Ich kann mich nicht erinnern, jemals mit ihr über ihren Kinderwunsch gesprochen zu haben und schüttle verlegen den Kopf.

„Du hast mich damals für verrückt erklärt und gesagt, du hättest mich für klüger gehalten.“

Dann wird es so gewesen sein, doch geholfen hat meine Mahnung nicht. Leider.

„Wenigstens habe ich meine Kinder“, sagt sie fast trotzig.

„Und eine Menge Probleme, aber kein Geld“, erinnere ich sie.

„Du hast überhaupt kein Mitgefühl!“, schreit sie mich an. „Und bist dabei nicht einmal objektiv.“

Jetzt wird der Hund in der Pfanne verrückt!

Niemand hier im Haus war jemals so objektiv wie ich schon mein ganzes Leben lang bin. Alle vier Frauen lassen sich von ihren Gefühlen leiten, statt wie ich die Dinge sachlich und unvoreingenommen zu betrachten.

„Du auch nicht", mischt sich Monika ein, was ihr einen bösen Blick von Julie einbringt. „Schließlich bist du direkt betroffen."

„Und wenn schon! Ich schütte euch mein Herz aus und Papa will mich trotzdem zu meinem Mann zurückschicken. Er versteht mich einfach nicht. Er hat mich noch nie verstanden! Noch nie!"

„Das ist auch nicht nötig. Jetzt gehe ich erst einmal ins Bett, spät genug ist es jedenfalls."

Eigentlich ist es bereits über der Zeit, weil ich normalerweise pünktlich um 21:20 Uhr ins Bad gehe, um mich bettfertig zu machen. Mahnend schaue ich auf die Uhr und drücke mich ächzend aus dem Sessel.

„Ich lasse mich scheiden", sagt Julie trotzig.

„Und wovon willst du leben?"

Zumal sie nicht einmal sein Geld will, falls er überhaupt welches hat. Offiziell wird er wohl keine Einnahmen angeben und sie wäre auf seinen guten Willen angewiesen, den er nicht hat. Außerdem lebt er in einem fremden Land. Ich befürchte, dass ihr der Rechtsweg nicht helfen kann.

„Ohne eine Scheidung hast du überhaupt kein Einkommen“, gebe ich zu bedenken.

„Ich werde mir natürlich eine Arbeit suchen und für mich selbst und die Kinder sorgen. Sein Geld will ich jedenfalls nicht!“

„Du bist stur!“, stelle ich fest und gehe zur Treppe. „Bist es immer schon gewesen.“

„Ich bin mir selbst genug und brauche keinen Ernährer.“

„Aber deine Kinder“, gebe ich zurück.

Ich komme jedenfalls nicht für sie auf. Mein Projekt Kinder ist abgeschlossen. Ein für alle Mal!

„Lass sie in Ruhe!“, fordert Monika energisch und tätschelt Julie die Hand. „Sie weiß, was sie will und das ist gut so.“

Sie weiß, was sie will. Was weiß sie schon? Hier im Haus kann sie jedenfalls nicht bleiben.

„Einen Monat gebe ich dir!“, rufe ich von oben. „Keinen Tag länger. Dann bist du samt deiner Brut verschwunden.“

„Sowieso!“, schreit sie mir nach. „Hier in Chemnitz bleibe ich auf gar keinen Fall.“

„Warum?“, höre ich Monika fragen.

„Wegen der Sicherheit für die Kinder.“

„Aber hier ist es schön für Kinder“, antwortet Monika.

Ich bleibe oben stehen und beuge mich übers Geländer, um mehr zu hören.

„Chemnitz hat ein schönes Umland, viel Grün in der Stadt, preiswerte Wohnungen und wir wären in der Nähe, falls du einen Babysitter brauchst."

Babysitter. Die Jungs sind groß und können gut allein bleiben und auch auf Emelie aufpassen. Wir haben damit nichts zu tun. Die Kinder sind nicht unser Problem. Sicherheitshalber höre ich weiter zu, damit Monika nicht irgendetwas verspricht, was ich nicht haben will.

„Sogar in Griechenland wurde über Chemnitz berichtet."

„Was denn? Über die Erweiterung unserer Klinik? Sie soll die modernste und vielleicht sogar größte in ganz Sachsen sein", frage ich.

Das hatte ich erst in der letzten Woche im Krankenhaus gehört.

„Nein, es waren furchterregende Fotos über die vielen rechtsradikalen Neonazis der Stadt. Alle schwarz gekleidet. Gruselig."

„Rocker sind auch schwarz gekleidet und Biker ebenfalls", rufe ich herunter.

Genau diese Antwort gab mir vorgestern der junge Mann im Krankenzimmer, als wir über einen Artikel in der Ortszeitung sprachen. Ich musste ihm Recht geben und komme mir jetzt vor, als hätte ich die Seiten gewechselt.

„Wir wohnen mitten im Zentrum und sehen heute mehr Ausländer als früher. Doch Rechtsradikale sehen wir nicht", erklärt Monika. Dann spricht sie weiter: „Wovor ich mich wirklich fürchte, kann ich dir sagen. Das sind die Fußballrowdys. Sie kommen immer in Gruppen, haben Bierflaschen in der Hand und machen viel Lärm. Wer nicht schnell genug beiseite springt, wird grob weggestoßen. So ist es mir neulich erst ergangen", erzählt sie aufgebracht.

Dieses Geschrei um den Fußball gefällt mir auch nicht und schon gar nicht, dass ich an Spieltagen nicht ungehindert durch die Stadt komme. Überall grölende Fans und vor allem überall Polizei.

„Ich muss an die Kinder denken. Ihre Sicherheit ist mir wichtig."

Das sagt Julie so daher, dabei hat sie gerade erst ihren Mann, ihre Wohnung und somit ihre Sicherheit verlassen. Wo ist jetzt die Sicherheit für die Kinder? Sie muss Geld verdienen, sich eine Arbeit suchen. Zum Glück gibt es derzeit kaum Arbeitslose. Viele Firmen suchen händeringend Fachkräfte.

Was hat Julie eigentlich gelernt? Oder studiert? Ich weiß es nicht.

*****

Julie hat sich offenbar inzwischen selbst ein Bild über Chemnitz gemacht und ihre Meinung geändert. Denn in zwei Wochen zieht sie mit den Kindern in eine geräumige 4-Zimmer-Wohnung in einem benachbarten Stadtteil. 620 Euro Warmmiete halte ich für angemessen und bezahlbar. Monika hat die knapp tausend Euro Kaution übernommen. Das sei ihr Willkommensgeschenk.

Willkommensgeschenk! So nennt sie das. Ich nenne es Verschwendung. Monika war schon immer so. Sie konnte ihr Geld noch nie zusammenhalten. Ständig kauft sie irgendwelchen Plunder, weil er hübsch aussieht, oder Blumen. Man gibt sein Geld nicht für Dinge aus, weil sie schön sind. Sie müssen zwingend einen messbaren Nutzen haben und möglichst langlebig sein. Doch davon versteht diese Frau nichts.

Schon ab dem nächsten Monat arbeitet Julie als Mediengestalter, was immer das sein mag. Später will sie einen Tauschladen für gebrauchte Kindersachen eröffnen.

Das passt, denke ich empört. Ihr sauberer Mann trödelt mit alten Autos und sie mit alten Kleidern. Die Beiden sollten zusammenbleiben, denn Gleich und Gleich gesellt sich gern. Vielleicht findet sie sogar ihre Möbel auf dem Trödelmarkt.

Wo sind überhaupt ihre Möbel? Ich hoffe, dass

sie nicht alles neu kaufen muss. Die Kinder brauchen Betten, Kleider und Schulsachen.

„Die Jungs besuchen ab Montag das Evangelische Schulzentrum, die kleine Emelie den Kindergarten hier in der Nähe. So kann ich sie öfter mal abholen und etwas mit ihr unternehmen", freut sich Monika.
„Sind es deine Kinder? Du hältst dich da raus!", gebe ich ihr deutlich zu verstehen. „Wer Kinder in die Welt setzt, soll sich gefälligst um sie kümmern."
„Mir macht es aber Freude, die Kinder um mich zu haben."
Ich seufze, weil nun trotz Julies Auszug keine Ruhe ins Haus ziehen wird. Dieser ganze Trubel ist einfach nichts für mich, wobei ich zugeben muss, dass ich mich gern mit Paul unterhalte und Emelie mich nahezu täglich zum Lachen bringt.
Gestern zum Beispiel kletterte sie auf meinen Schoß und fuhr mit ihren kleinen Händen immer und immer wieder über meine Stirn.
„Was machst du da", wollte ich wissen.
„Ich streiche deine Falten glatt, damit du nicht immer so finster aussiehst."
Monika sagt auch immer, dass ich finster dreinschaue. Sie stört es, doch Emelie scheint es nicht zu stören. Ganz offensichtlich mag sie

mich trotzdem.

„Ich weiß, dass du am liebsten alle vier Töchter und sämtliche Enkel im Haus haben willst", gebe ich zu. „Doch unsere Mädchen sind längst erwachsen, sollten ihr Leben leben und uns ungestört die Rente genießen lassen. Doch du verstehst nicht zu genießen."
Überrascht und verständnislos schaut mich Monika an.
„Für mich sind die Kinder und Enkel der eigentliche Genuss am Leben. Stören sie dich etwa?"
„Stören? Was heißt stören? Ich will sie nicht ständig im Haus haben. Ich will lieber meine Ruhe."
Sie sieht aus, als wäre sie beleidigt. Doch ich habe nur meine Meinung gesagt. Damit muss sie wohl oder übel leben.

Damals

„Du willst also deine Ruhe. Wie immer, nicht wahr?"
Ich habe keine Ahnung, was sie damit meint und sage es ihr.
„Ich habe mich die ganzen Jahre über ganz allein um unsere Kinder gekümmert, du warst nur in deinem Amt."

„Einer musste schließlich das Geld verdienen."
Langsam schüttelt sie ihren Kopf. Sie schüttelt recht oft ihren Kopf. Vielleicht hat sie die Schüttelkrankheit wie die eine Nachbarin, deren Hände und sogar der Kopf ständig wackeln. Oder es liegt am Alter. Alte Frauen schütteln vermutlich ständig ihre Köpfe. Mir gefällt das nicht.
„Hast du vergessen, dass ich auch arbeiten ging?"
Arbeiten nennt sie das? Sie ging jeden Tag in einen Kindergarten und spielte dort mit fremden kleinen Kindern. Das kann man kaum Arbeit nennen.
„Und du hast vergessen, dass du jahrelang gar nicht zur „Arbeit" gingst, sondern einfach daheim geblieben bist?"
Wieder schüttelt sie ihren Kopf, als hätte ich nicht die Wahrheit gesprochen.
„Hör endlich auf, mit dem Kopf zu wackeln!", bestimme ich.
Sofort hört sie damit auf, schaut mich aber entrüstet an.
„Jahrelang? Jahrelanges Daheimbleiben war zu DDR-Zeiten gar nicht erlaubt."
Erlaubt oder nicht erlaubt. Ich weiß genau, dass sie jahrelang nicht arbeitete.
„Genau zehn Jahre waren es."
„Na also!", sage ich triumphierend.

„Erst ab dem zweiten Kind gab es das Baby-
jahr. Und wäre unsere Jüngste nicht so kurz vor
der Wende geboren, hätte ich nur drei Jahre
daheim bleiben dürfen."
Wie sie es auch dreht und wendet, sie war
zehn Jahre daheim, hat die Mädchen verwöhnt
und es sich gut gehen lassen. Ich verstehe
nicht, worüber sie sich beklagt. Wäre sie nicht
so oft schwanger geworden, hätten wir ein viel
angenehmeres Leben gehabt. Das sage ich ihr.
„Du hast schließlich ebenfalls deinen Anteil an
unseren vier Kindern", beschuldigt sie mich.
Anteil daran. Bin ich etwa für die Verhütung
zuständig? Dafür gibt es die Pille und die nimmt
die Frau. Ein Kind reicht vollkommen, zwei
hätte ich noch akzeptiert, aber vier sind eindeutig zu viel, zumal nicht einmal ein Sohn
dabei ist.
Leise fügt sie hinzu: „Obwohl du nie Anteil an
der Entwicklung der Mädchen genommen
hast."
Jetzt müsste ich sie daran erinnern, dass
Kinder Frauensache sind, aber ich lasse es
bleiben. Sie versteht es einfach nicht, hat
immer etwas zu meckern.
Früher war es noch schlimmer, ständig stellte
sie meine Sicht der Dinge in Frage. Sie
verlangte anfangs sogar, dass ich im Haushalt
mithelfe. Diesen Zahn habe ich ihr schnell

gezogen. Schließlich wurden damals Frauen mit zwei und mehr Kindern fast vier Arbeitsstunden pro Woche erlassen bei vollem Lohn. Zusätzlich bekamen sie jeden Monat einen Haushaltstag, ich dagegen nicht. Es war also vollkommen klar, wer den Hauskram zu erledigen hatte.

„Nadine weinte jeden Morgen, wenn ich sie in der Kinderkrippe abgab. Ich war den ganzen Tag über besorgt, wie es unserer Kleinen wohl geht. Sie war ja erst drei Monate alt, als ich wieder arbeiten musste."
Davon höre ich heute zum ersten Mal. Und wenn schon! Kinder schreien ständig. Nadine war ihr erstes Kind. Da hat sie eben noch vieles falsch gemacht.
„Es war ganz allein deine Schuld, wenn das Mädchen weinte", sage ich und hoffe, dass das Thema damit endlich vom Tisch ist.
„Sie fühlte sich nicht wohl zwischen all den Kindern, die sogar alle gleichzeitig auf dem Topf sitzen mussten. Das nannten sie Erziehung zur Sauberkeit."
Darüber kann ich nur mit der Schulter zucken. Schließlich haben sie ihren Beruf gelernt und wussten, was zu tun ist. Außerdem spielt das jetzt nach all den Jahren keine Rolle mehr. Die Mädchen sind längst erwachsen.

„Man hätte die Kinder so verschieden wie sie sind akzeptieren und fördern sollen, aber wir Erzieher hatten die Aufgabe, die Kinder gleichzuziehen. Gleichmacherei kann niemals gerecht sein."

Mir scheint es sehr gerecht, alle Kinder gleich zu behandeln. Doch darüber habe ich mir noch niemals Gedanken gemacht, weil ich mit Kindererziehung nichts zu tun habe. Monika soll mich mit diesem Frauenthema in Ruhe lassen.

Doch Monika gibt keine Ruhe. Sie redet sich in Rage und findet immer neue Beispiele, was damals alles falsch gelaufen sein soll. Sie regt sich darüber auf, dass die Kinder Arbeiterfahnen malen und Lieder wie *Mein Bruder ist Soldat, er schützt unseren Staat* singen sollten. Dabei schaut sie mich empört an, als ob ich damit etwas zu tun hätte.

In meiner Erinnerung sang sie oft mit den Mädchen Volkslieder, was ich recht gern hörte. Ich höre gar nicht mehr hin und lasse sie plappern. Wie ein Wasserfall plätschern ihre Worte an meinen Ohren vorbei und machen mich schläfrig.

*****

Sofort nach meiner Ausbildung wurde mir eine Stelle im Rat des Bezirkes Karl-Marx-Stadt,

Abteilung Wohnungswirtschaft, zugewiesen. Diesem glücklichen Umstand haben wir unsere Neubauwohnung zu verdanken.

Nach der Wende wurden viele Abteilungen geschlossen und Mitarbeiter entlassen. Mich versetzte man in die Stadtverwaltung Chemnitz, Abteilung Denkmalschutz. Zu meinen Aufgaben zählten Baugenehmigungen, zur damaligen Zeit ein besonders wichtiger Posten.

In Chemnitz gibt es viele alte Gebäude, die zum Teil im Krieg zerstört und nicht wieder aufgebaut wurden und stillgelegte Fabriken, die die neuen Eigentümer umbauen und modernisieren wollten.

Das brachte von ganz allein viele wichtige Kontakte und machte es notwendig, verschiedenen Vereinen beizutreten und oft am Abend Antragsteller und Architekten zu treffen.

Monika gefiel das nicht. Mir schon. Ich liebte diese Fachgespräche, die mir allemal wichtiger und interessanter waren als die langweiligen Abende daheim mit ihr und den Mädchen.

*****

„Ich habe mich immer nach einem Partner gesehnt, mit dem ich reden kann. Aber du warst nie da. Nach Feierabend und sogar am Wochenende hattest du deine gesellschaftlichen

Verpflichtungen."

Gesellschaftliche Verpflichtungen spuckt sie direkt verächtlich aus. Sie hat es damals nicht verstanden und bis heute nicht begriffen, dass das Pflegen von Kontakten zu meiner Arbeit gehörte.

„Du hast überhaupt keinen Grund, dich zu beklagen", weise ich sie zurecht.

Sie schaut mich an. So von unten her, was ich überhaupt nicht leiden kann. Ich weiß nie, ob sie sich geniert oder ob es Verschlagenheit ist. Das irritiert mich.

Normalerweise würde ich jetzt eine Runde mit dem Auto fahren, doch leider habe ich im Moment kein Auto. Das gibt ihr Gelegenheit, die Situation schamlos auszunutzen und weiterzusprechen.

„Weil ich den ganzen Tag mit Kindern zusammen war, sehnte ich mich am Abend nach Gesprächen mit Erwachsenen."

Das ist nicht mein Problem. Ich will Probleme *lösen* – sie will über Probleme *reden*, am liebsten über solche, die längst vergangen und somit gar kein Problem mehr sind. Außerdem wird vom Reden keine Sache besser.

„Ich darf dich noch einmal daran erinnern, dass du dir den Beruf selbst ausgesucht hast. Was habe ich damit zu tun?"

Monika seufzt.

„Ich weiß, das interessiert dich nicht.“

„Es betrifft mich einfach nicht.“

„Natürlich nicht.“ Wieder seufzt sie. „Nett warst du eigentlich nie, nicht einmal freundlich. Doch früher hast du mich anders angeschaut als jetzt.“

„Anders angeschaut“, äffe ich sie nach.

Ich schaue immer gleich. Wie soll man auch anders schauen als so wie immer?

„In deinen Augen ist keine Liebe mehr.“

Monika mustert mich interessiert, so, als hätte sie etwas gefragt und von meiner Antwort hinge etwas Wichtiges ab.

„Sei nicht albern!“, tadle ich. „Wir sind seit vierzig Jahren verheiratet.“

„43.“

„Was?“

„Seit 43 Jahren. Wir sind seit 43 Jahren verheiratet.“

„Was ändert das?“

„Alles hat sich verändert im Laufe der Jahre.“

Das ist logisch. Doch wie Monika das sagt, klingt es wie ein Vorwurf. Ich habe mir jedenfalls nichts vorzuwerfen.

„Du hast mich niemals zärtlich umarmt und warst kein guter Liebhaber.“

Liebhaber. Ich bin nicht ihr Liebhaber. Ich bin ihr Ehemann. Sofort nach dem ersten Schäferstündchen habe ich ihr einen Antrag gemacht –

wie es sich gehört.

Inzwischen haben wir vier Kinder, alle vier sind längst erwachsen. Wenn man erwachsene Kinder und sogar Enkel hat, ist es nicht mehr angebracht, über solche Sachen zu reden. Und noch weniger ist es angebracht, solche Sachen zu tun. Ich schlafe nicht mit einer alten Frau.

„Du bist alt geworden", erinnere ich sie.

„Das stimmt. Du auch. Du bist sogar viereinhalb Jahre älter als ich."

„Aber ich bin ein Mann! Das ist etwas ganz anderes."

Ihre Augen funkeln plötzlich. Sie sieht aus wie eine Hexe und wird wohl gleich etwas Gemeines sagen.

„Meist wird eine Frau nach ihrem Aussehen beurteilt. Das war schon früher so. Je jünger sie ist, desto günstiger fällt das Urteil aus. Bei Männern zählen die Jahre weniger als die Position, die sie innehaben."

Das ist ja wohl logisch. Deshalb sage ich nichts. Es bringt nichts, zumal sie an alles vollkommen unlogisch herangeht.

„Unlogisch! Du denkst komplett unlogisch."

„Ich denke nicht unlogisch, ich denke einfach anders. Schon deshalb, weil ich eine Frau bin."

Mir ist klar, dass Frauen anders denken, falls sie überhaupt denken und nicht nur fühlen.

Sie plappert drauflos und redet wirr durcheinander. Ich habe ihr schon oft gesagt, dass sie zuerst denken soll, bevor sie redet. Wenn ich nachdenke, denke ich und rede nicht. Ich schweige. Doch sie schweigt nur, wenn sie beleidigt ist. Wenn ich schweige, will sie wissen, warum ich nichts sage, ob ich verärgert bin und was mich geärgert hat. Das alles macht mich nur noch ärgerlicher, direkt wütend. Ich will meine Ruhe und möchte sie anschreien: „Halt´s Maul!"

„Ist Alter nur dann gut, wenn man dabei jung aussieht?"

Auf diese dumme Frage, die eigentlich keine Frage ist, antworte ich nicht. Ich will auch nichts mehr hören, greife demonstrativ meine Zeitung und schlage sie auf.

„Du hältst sie verkehrt herum."

„Was?"

„Die Zeitung. Sie steht kopf."

Wütend zerknülle ich die Seiten und werfe sie neben den Sessel.

Es ist zu ärgerlich, dass ich im Moment kein Auto habe. Mein Versicherungsberater vom Amt versprach, mir so schnell wie möglich einen gleichwertigen Ersatz zu besorgen. Mir dauert das zu lange.

Anklage

Ich traue meinen Augen nicht, als ich den Amtsbrief öffne. Es ist eine Vorladung zur Gerichtsverhandlung. Ich werde einer *fahrlässigen Tötung* beschuldigt. Ich! Ich? Ich habe niemanden getötet. Auch nicht fahrlässig.
Ich soll als Angeklagter aussagen, nicht als Zeuge und schon gar nicht als Geschädigter. Als Kläger werden die Staatsanwaltschaft und ein mir völlig unbekannter Name aufgeführt.
Empört rufe ich sofort Dietmar an. Mein Freund ist Anwalt. Er mag sich am Telefon nicht zu meinen „Fall" äußern, sondern will zuerst die Akten einsehen, bevor wir uns treffen. Was gibt es da zu prüfen oder zu überlegen? Die Sachlage ist völlig eindeutig. Seit zwei Tagen erinnere ich mich an jedes Detail dieses unglückseligen Unfalls.

„Hieraus", Dietmar klopft mit der Hand auf die Mappe, die vor ihm liegt, „geht eindeutig hervor, dass du außer einer leicht erhöhten Geschwindigkeit keine weitere Verkehrsregel missachtet hast."
„Das habe ich dir gleich gesagt", brumme ich.
„Außerdem war der Alkoholtest negativ."

„Alkoholtest? Ich trinke nie, bevor ich fahre“, sage ich empört.

Wann soll dieser Test gemacht worden sein? Ich weiß davon nichts. Darf die Polizei das überhaupt ohne meine Zustimmung?

„Laut §222 Strafgesetzbuch heißt es: Wer durch Fahrlässigkeit den Tod eines Menschen verursacht, wird mit Freiheitsstrafe bis zu fünf Jahren oder mit einer Geldstrafe bestraft“, doziert er.

Vier Mal das Wort Strafe in einem einzigen Satz. Mich bringt das in Wut, zumal nicht ein einziges Mal das Wort Geschädigter gefallen ist.

„Du drohst mir mit einer Strafe? Bist du verrückt geworden? Ich bin der Geschädigte!“, schreie ich ihn an.

„Ruhig Blut, mein Freund. Auch vor Gericht. Besonders vor Gericht solltest du dich beherrschen“, ermahnt er mich.

„Wie soll ich mich beherrschen, wenn man mich anklagt? Ich verlange mein Recht!“, schreie ich ihn an.

„Du wirst dein Recht auch bekommen. Doch es muss dir klar sein, dass es gewisse Regeln gibt, die du wohl oder übel beachten musst.“

Regeln beachten.

„Dieser Raser, der mich in der Kurve überholt hat, hätte die Regeln beachten müssen!“

Dietmar steht auf, geht um seinen Schreibtisch herum, klopft kurz auf meine Schulter und stellt sich dann ans Fenster, um hinauszuschauen. Das macht mich wieder wütend. Er beobachtet sellenruhig den Straßenverkehr, als hätte er mir nicht gerade fünf Jahre Freiheitsstrafe angedroht..

Endlich wendet er sich wieder mir zu, lehnt sich gegen die Fensterbank und verschränkt seine Arme. Das ist eine eindeutig abwehrende Haltung, die mir Distanz signalisieren soll. Er ist mein Freund und soll nicht den Anwalt herauskehren. Ich will klare Worte hören, aber keine Drohungen.

„Du warst ebenfalls zu schnell", wirft er mir vor.

Zu schnell, das ist keine Aussage. Viel zu schnell kann ich gar nicht gewesen sein.

„Wie schnell war ich denn? Steht das nicht in deinem Bericht?"

Dietmar blättert in der Akte, einige Seiten vor und dann wieder zurück. Am liebsten würde ich sie aus seiner Hand reißen und selbst nachschauen.

„Außerdem kenne ich die Strecke."

„Du kennst also die Strecke?"

Genau das habe ich gerade gesagt.

„Wie meine Westentasche."

„Also auch die Kurve?"

Natürlich auch die Kurve.

„Was hätte ich denn machen sollen, du Schlau-
meier?"
„Wie wäre es mit bremsen?"
Jetzt reicht es mir und ich springe auf.
„Warum in drei Teufels Namen hätte ich bremsen sollen? Die Kurve kann man locker mit
achtzig nehmen. Was kann ich dafür, dass mich
dieser Idiot ausgerechnet an dieser Stelle überholen wollte?"
Dietmar legt mir seine Hand auf die Schulter
und zeigt mit der anderen auf den Sessel. Ich
habe keine Lust, mich wieder hinzusetzen.
Dazu bin ich viel zu aufgebracht. Dietmar soll
mir helfen und mich nicht wie einen Verbrecher
vernehmen.
Am Ende setze ich mich doch.
„Auf jeden Fall hast du fahrlässig gehandelt",
sagt er leise.
Als ich etwas entgegnen will, schneidet er mir
mit einer Handbewegung das Wort ab.
„Fahrlässig heißt, du hast deine Sorgfaltspflicht
außer Acht gelassen, aber nicht vorsätzlich
gehandelt."
Mahnend hebt er wieder den Arm. Ich soll mir
seinen Käse also noch weiter anhören. Stumm
anhören. Die ganze Sache läuft mir aus dem
Ruder.
„Wir müssen auf unbewusste Fahrlässigkeit
plädieren und uns eine Strategie überlegen."

„Ich brauche keine Strategie!", brause ich auf.
„Ich will mein Recht! Der Typ hat mich überholt
und das vor einer Rechtskurve. Er konnte gar
nicht sehen, ob ihm ein Fahrzeug entgegen
kommt. Er allein ist schuld seinem eigenen Tod
und auch am Tod des anderen Verkehrsteil-
nehmers. Sogar ich hätte tot sein können!"
Dietmar hebt wieder seinen Arm. Doch dieses
Mal lasse ich mich nicht unterbrechen. Ich
werde sagen, was ich zu sagen habe.
„Ich lag völlig ohne jede Schuld mit einem Milz-
riss und mehreren Rippenbrüchen wochenlang
im Krankenhaus und überdies ist mein Mercedes nur noch Schrott. Er war neu! Ich verlange
Schadensersatz und Schmerzensgeld! So sieht
die Sachlage aus!""
„Wenn du so vor Gericht auftrittst, hast du
schlechte Karten."
Schlechte Karten. Ich brauche keine Karten,
nicht einmal gute.
„Wie soll ich denn deiner Meinung nach auf-
treten?", frage ich trotzdem.
„Am besten als ängstlicher Tattergreis", antwortet Dietmar.
Dabei lacht er nicht, sondern zieht ein Gesicht,
als meint er diesen Unsinn ernst. Niemals
werde ich mich derart erniedrigen, den Hilflosen
zu spielen. Ich kann mir sehr wohl helfen. Es
gibt andere Anwälte, ich bin keineswegs auf

Dietmar angewiesen. Eigentlich brauche ich überhaupt keinen Anwalt, weil die Sachlage völlig eindeutig ist.

Inzwischen bin ich derart wütend, dass ich mir vornehme, nicht nur einen adäquaten Ersatz für mein lädiertes Fahrzeug zu verlangen, sondern ein saftiges Schmerzensgeld. Wieso fällt mir das erst jetzt ein? Darum hätte ich mich längst kümmern sollen.

„Wie hoch ist eigentlich das Schmerzensgeld, das mir zusteht? Ich gehe mal von mindestens 100.000 Euro aus. Mindestens! Eher mehr."

Dietmar hebt den Kopf und verkündet recht überheblich: „Dafür gibt es keinen Katalog, woran sich das Gericht zu halten hat. Möglich ist solch eine hohe Summe, doch nicht häufig."

Häufig. Was meint er denn mit häufig? Passiert solch ein Unfall häufig? Ich war bisher noch in keinen einzigen Unfall verwickelt.

„Ich werde bald Siebzig und hatte bisher überhaupt noch keinen Unfall und auch keine Punkte in Flensburg."

„Das ist gut. Das ist wirklich gut."

Dietmar setzt sich an seinen Schreibtisch und notiert etwas.

„Deine Forderung nehme ich auf jeden Fall auf. Doch was mir Sorgen macht, ist deine mögliche Teilschuld."

Keinesfalls lasse ich mir Schuldgefühle einreden, auch für keine Teilschuld. Mich nervt schon Monika damit. Ich kenne die beiden Unfalltoten nicht und bin froh, mit dem Leben davongekommen zu sein. Nichts hätte ich anders machen können. Das sagte sogar der Therapeut im Krankenhaus. Um meinen neuen Benz tut es mir leid und auch um die vertane Zeit im Krankenhaus. Zum Glück bin ich Rentner und habe nicht auch noch Ausfallzeiten im Amt. In meinem ganzen Leben habe ich noch nie wegen Krankheit gefehlt. Nur im Urlaub, der mir zustand und den ich pünktlich ableisten musste.

„Wenn es bei einem Unfall Tote gibt, in deinem Fall sogar zwei, geht man davon aus, dass du zumindest deine Sorgfaltspflicht verletzt hast."

„Meine was?"

„Deine Sorgfaltspflicht. Das bedeutet, dass du im Straßenverkehr immer mit unerwarteten Reaktionen der Verkehrsteilnehmer rechnen musst. Zum Beispiel, wenn plötzlich ein Kind über die Straße rennt oder ein Radfahrer von der Seite kommt. Dann hast du immer eine Teilschuld."

„Ich brauche deinen Rechtsvortrag nicht. Da war kein Kind und auch kein Radfahrer, nur ein Idiot, der sich und zwei unschuldige Autofahrer zu Schaden gebracht hat. Ich habe nichts falsch gemacht."

Dietmar hebt wieder seine Arme. Es sieht aus, als wolle er sich ergeben.

„Viele halten sich für unschuldig, doch das Gericht prüft genau und kommt so manches Mal zu einem ganz anderen Urteil."

„Wo kommen wir hin, wenn ich für etwas bestraft werde, das ich nicht verursacht habe?"

Vollkommen ruhig, als wäre es das Normalste auf der Welt, verkündet er: „Deine Fahrerlaubnis erlischt automatisch, wie lange, legt das Gericht fest, und du erhältst drei Punkte in Flensburg."

Ich merke, wie mir schwindlig wird und mir fällt ein, dass der Arzt sagte, ich dürfe mich nicht aufregen. Doch ich rege mich auf! Dietmar soll sich um meine Angelegenheit kümmern, mich aus dieser unangenehmen Sache herausholen und mich nicht mit seinen Anschuldigungen zum Wahnsinn treiben.

„Auf keinen Fall darfst du laut oder gar wütend werden!", ermahnt er mich.

Ich fühle mich mit einem Mal hilflos.

„Wasser? Hast du ein Glas Wasser für mich?"

Erschrocken springt er auf und fragt: „Geht es dir nicht gut?"

„Ach", winke ich ab, „ich soll mich nur nicht aufregen und müsste jetzt meine Tropfen nehmen. Doch die sind daheim."

„Das ist gut. Das können wir verwenden."

Ich verstehe nicht, was er meint und frage ihn.

„Ich meine, wir geben an, dass dich der Unfall mit den beiden Todesfällen nach wie vor derart aufregt, dass du starke Beruhigungsmittel nehmen musst." Dietmar klatscht in die Hände, strahlt mich an und ruft aus: „So machen wir´s!"

„Was machen wir?"

„Ich habe mir soeben die Strategie überlegt. Du sagst zuallererst, dass du um die beiden verstorbenen jungen Männer trauerst."

Dietmar nickt mir aufmunternd zu.

„Ich? Was habe ich damit zu tun?"

„Es ist wichtig, dass du betroffen bist. Sobald du wütend und laut wirst, vermasselst du alles."

„Du spinnst!", sage ich. „Ich habe überhaupt keine Schuld an diesem Unfall, weil ich ganz normal rechts fuhr, als mich dieser Idiot in seiner Reiskiste ..."

„Was bitte ist eine Reiskiste?"

„Ein hässliches japanisches Auto", kläre ich ihn auf.

„Das klingt herablassend."

„Du hast mich unterbrochen!", fahre ich ihn an.

„Dieser Grünschnabel überholte mich kurz vor der Kurve und grinste mich noch frech an. Dabei sah er den Gegenverkehr nicht." Ich lehne mich im Sessel zurück und zeige mit der Hand auf ihn. „Und jetzt rede du!"

Auch Dietmar lehnt sich zurück und sagt: „So

wird das nichts.“

Mir ist nicht klar, was diesem Rechtsverdreher noch immer nicht klar ist. Wichtig ist wohl auch, welcher Richter die Verhandlung führt.

„Weißt du, ob der Seibold auf dem Richterstuhl sitzt? Der würde alles so regeln wie es sich gehört. Wir kennen uns von früher, als ich noch im Amt war. Ich habe ihm die Baugenehmigung für seine Doppelgarage besorgt.“

„Nein, so wird das nichts“, unterbricht er mich. „Du nimmst am besten gar nicht an der Verhandlung teil.“

Verwundert schaue ich ihn an.

„Das ist kein Problem. Ich werde angeben, dass deine schweren Verletzungen noch nicht ausgeheilt sind und du noch immer unter Schock stehst wegen des Unfalls. Nicht zuletzt auf Grund deines hohen Alters.“

Der spinnt wohl? Ich lasse nicht über meinen Kopf hinweg über mich verhandeln. Das will ich selbst in der Hand halten. Und genau das sage ich ihm. Doch Dietmar lacht nur und meint, er wisse, was am besten für mich ist.

Ich habe kein gutes Gefühl dabei.

*****

Drei Wochen später ruft mich Dietmar an und sagt, dass die Gerichtsverhandlung vorüber sei, das Urteil aber noch ausstünde. Zur Urteilsverkündung in knapp drei Wochen müsse weder er noch ich zugegen sein. Das Urteil selbst erhalte ich schriftlich zugeschickt, was noch weitere Tage in Anspruch nimmt.

Ich wurde von jeder Schuld freigesprochen und kann sofort meinen Führerschein in der Polizeidienststelle abholen. Mir war gar nicht aufgefallen, dass er mir direkt am Unfallort abgenommen wurde, weil ich noch immer kein neues Auto habe und nicht fahren kann. Die Versicherung des Unfallverursachers kommt für ein gleichwertiges Ersatzfahrzeug auf und ich erhalte Schmerzensgeld in Höhe von 40.000 Euro.

Dietmar zeigt sich zufrieden. Auch ich fühle mich nach all der Aufregung direkt erleichtert. Nur Monika hat wieder etwas zu meckern und brummt: „Schade, dass du keinerlei Reue oder gar Schuldgefühle empfindest."

Warum sollte ich? Ich habe niemandem etwas getan.

„Bei allen anderen Menschen schimpfst du über den kleinsten Fehler, doch bei dir selbst bemerkst du den größten nicht."

Fehler? Ich habe keine Fehler. Sie dagegen besteht quasi aus Fehlern. Angefangen davon, dass sie mir stets Widerworte gibt bis zur Tatsache, dass sie nicht einmal kochen kann.

Emelie

„Wieso ist Emelie hier?“, frage ich.
„Julie muss arbeiten“, antwortet Monika.
Das weiß ich selbst. Doch Emelie geht in den Kindergarten und wird erst am Nachmittag von Monika abgeholt und später nach Hause gebracht, wenn Julie von der Arbeit zurück ist. Jetzt ist es nicht einmal neun Uhr am Morgen.
„Wieso ist Emelie hier?“, wiederhole ich meine Frage.
„Die Erzieherin rief vorhin an, ich soll sie abholen.“
„Weshalb? Ist das Mädchen krank oder hat Julie die Gebühr nicht bezahlt?“
Überrascht schaut mich Monika an und zieht ihr einfältiges Gesicht, das mich sofort wütend macht.
„Die Kleine ist nicht geimpft“, erklärt sie.
Doch was erklärt das schon.
„Man nimmt nur geimpfte Kinder an.“
„Dann soll das Julie erledigen. Heute noch, am besten sofort. Hast du sie informiert?“
Monika seufzt, dann nickt sie.
„Nun lass sie doch erst einmal zur Ruhe kommen!“, bittet sie.

„Man erledigt die Dinge sofort und schiebt sie nicht auf die lange Bank.“

„Warum schimpft denn der Opa?“, fragt Emelie. Sie zupft an meiner Hose und schaut mich mit ihren großen, blauen Augen an. „Freust du dich gar nicht, wenn ich dich besuche?“

„Heute freue ich mich nicht“, weiche ich aus.

„Und wann freust du dich?“

„Vielleicht am Sonntag.“

„Gut, dann komme ich am Sonntag wieder und nehme die Oma heute mit zu mir.“

Sie dreht sich um und rennt zu Monika in die Küche. Dort höre ich die zwei lachen. Auch ich muss ein klein wenig schmunzeln über das aufgeweckte Kind. Es zeigt keinerlei Scheu und hat für sein junges Alter recht kluge Gedanken.

„Die Oma sagt, sie wünscht sich, dass ich heute hier bleibe. Sie backt Plinsen für mich. Isst du auch gern Plinsen mit Marmelade oder Honig?“

„Nein. Ich will nichts Süßes zum Mittag.“

„Oh, das ist schade“, bedauert Emelie und zieht eine Schnute. „Vielleicht kannst du etwas Käse oder Leberwurst drauf schmieren. Geht das?“

„Das geht“, stimme ich zu, obwohl ich keinen Käse mag. „Aber vielleicht probiere ich es heute mit Marmelade. Ausnahmsweise.“

Emelie lacht und klatscht vergnügt in die Hände. Dann hopst sie zurück in die Küche und ich höre sie fröhlich rufen: „Der Opa möchte heute ausnahmsweise eine Plinse mit Marmelade."

Das ist ein langer Satz für solch ein kleines Kind. Konnten sich meine Töchter, als sie in Emelies Alter waren, ebenso gewählt ausdrücken? Ich weiß es nicht.

*****

„In Griechenland gibt es keine Impfpflicht", erklärt Julie am Nachmittag.

„Wir sind hier nicht in Griechenland", erinnere ich sie.

„Aber auch hier muss man sein Kind nicht impfen lassen, wenn man nicht will."

Sie ist so dumm wie ihre Mutter, denn Emelie durfte im Kindergarten nicht bleiben, weil sie nicht geimpft ist. Also gibt es diese Pflicht sehr wohl.

„Ich wechsle einfach den Kindergarten", verkündet Julie trotzig.

„So leicht ist das nicht. Den Platz hast du nur so schnell bekommen, weil ich früher in diesem Kindergarten arbeitete und die Leiterin sehr gut kenne", erklärt Monika. „Ich habe bereits in der Kinderarztpraxis angerufen, wo die Tochter einer ehemaligen Kollegin arbeitet. Du kannst Emelie heute noch impfen lassen. Am besten, du nimmst auch gleich die Jungs mit."

„Wieso das denn?", braust Julie auf. „Dürfen sie sonst nicht in die Schule?"

Dieses ewige Diskutieren geht mir auf die Nerven.

„Quake hier nicht lange herum!", ermahne ich sie. „Geh endlich und mach, was zu tun ist!"

Julie nimmt Emelie an die Hand und sagt: „Ich habe kein gutes Gefühl dabei."

Gefühl! Immer dieses Gefasel über Gefühle. Gefühle sind einfach nicht rational und logisch. Wenn das Kind nur geimpft in den Kindergarten darf, wird es geimpft und fertig. Da braucht es weder Gefühl noch Geschwätz.

„Ich kenne es aus DDR-Zeiten nicht anders, als dass Kinder in Mütterberatungen, Kindergärten und Schulen geimpft wurden. Das fand ich schon immer gut und richtig", erklärt Monika.

„Was soll daran gut sein, wenn ich meinem Kind Viren in den Körper spritzen lasse und das Ganze auch noch weh tut?"

„Sei nicht albern! Der kleine Pieks richtet keinen Schaden an, aber er kann das Leben deines Kindes retten."

„Meine Jungs sind vierzehn, zwölf und zehn Jahre alt und keiner ist krank. Als der Große die Masern hatte, steckte ich alle drei zusammen ins Bett und nun habe ich Ruhe und die Kinder auch."

„Sie haben einfach Glück gehabt. Es hätte ebenso schief gehen können und die Jungs schwer krank werden. Gerade Masern sind sehr gefährlich." Ernst fügt Monika hinzu: „Ihr seid alle vier geimpft."

„Und wir hatten trotzdem sämtliche Kinderkrankheiten wie Röteln und Windpocken und was weiß ich nicht alles."

„Aber abgemildert."

Julie schüttelt den Kopf und sagt: „Besonders schlimm fand ich den Keuchhusten. Ich dachte damals, ich müsste ersticken und höllisch weh tat es außerdem."

Mir geht das unsinnige Gelaber immer mehr auf die Nerven.

„Geh endlich!", bestimme ich streng.

Armin

Ich schließe die Terrassentür und beobachte dabei Monika, wie sie im Garten steht und lacht. Verwundert schaue ich ihr zu und merke, dass sie spricht. Ist sie so verrückt, dass sie sogar Selbstgespräche führt? Jetzt wedelt sie sogar mit weit ausgestreckten Armen durch die Luft und mir wird klar, dass sie winkt. Sie winkt jemandem zu. Ich folge ihrem Blick und sehe, wie sich drei Häuser weiter eine Frau aus dem

Fenster beugt.

„Was machst du da?", frage ich.

„Ich winke. Das siehst du doch", antwortet sie lachend.

Ich tippe mit dem Finger gegen meine Stirn und murmle: „Verrückt. Du bist verrückt."

„Nein, ich habe soeben mit der Nachbarin geschwatzt. Sie rief mich auf dem Handy an, als sie mich im Garten sah."

Sie ist wirklich nicht normal.

„Nächstens sprichst du auch mit mir über das Telefon statt zu rufen."

Doch Monika widerspricht: „Unsere Stimmen verlieren sich in der Luft, wenn wir uns zurufen, am Handy hören wir sie klar."

Dann sieht sie, dass ich mein Ausgehjackett trage und fragt: „Wo gehst du hin?"

Was geht sie das an? Ich muss mich weder bei ihr abmelden und schon gar nicht um Erlaubnis bitten.

„Sei nicht so neugierig!", weise ich sie zurecht und ziehe die Tür hinter mir zu.

Eigentlich wollte ich wieder einmal ins Eisenbahnmuseum, doch das ist heute geschlossen. Es öffnet erst am Samstag. Im Winter bin ich samstags gern dort, im Sommer nicht und schon gar nicht während der Ferien, wenn täglich geöffnet ist. Mir ist es dann einfach zu überlaufen, so dass ich die Technik nicht in Ruhe betrachten kann, wenn Kinder zwischen den Loks herumspringen.

Ein einziges Mal besuchte ich das jährliche Heizfest. Ich fand mich zwischen den Menschenmassen und ihrem Geschrei überhaupt nicht mehr zurecht. Die Leute kletterten sogar auf den Gleisen herum und machten Fotos, als die großen Dampfloks einzeln aus dem ehemaligen Heizhaus herausfuhren. Die hupten und pfiffen, was die Kinder freute und meinen Ohren schmerzte.

Das Museum befindet sich in Chemnitz-Hilbersdorf im ehemaligen Bahnbetriebswerk eines der größten Rangierbahnhöfe Deutschlands. Mich interessieren vor allem die technischen Anlagen und die Rundscheibe mit den historischen Loks. Früher gefielen mir außerdem die verschiedenen Uniformen der Bahner. Doch heutzutage sehen sie aus, als kämen sie aus einem Modekatalog. Das ist nichts für mich. Das Zugfahren ist auch nichts für mich. Ich fahre niemals mit dem Zug. Wozu auch?

*****

Lieber würde ich jetzt meine Runde durch den Park drehen und das schöne Spätsommerwetter genießen, doch ich muss Armin treffen.

Er ist nicht gerade mein Freund. Deshalb weiß ich nicht, warum er mich gestern anrief und um ein Gespräch bat. Ich sagte ihm, dass ich keine Zeit habe. Das stimmt zwar nicht wirklich, denn Zeit habe ich, doch nicht für Armin.

Er ist langweilig. Ein Wissenschaftler, Professor der Archäologie und interessiert sich ausschließlich fürs Altertum. Deshalb hält er sich die meiste Zeit im Museum für Archäologie auf, was mich nun überhaupt nicht interessiert. Was soll ich mit alten Knochen und Steinen? Früher hatte er hin und wieder mit dem Sächsischen Denkmalschutzgesetz zu tun, wobei wir uns kennenlernten.

Inzwischen sind wir beide in Rente. Ich weiß wirklich nicht, was er jetzt noch von mir will. Das wollte er mir nicht am Telefon sagen, es sei jedoch dringend. Leider habe ich mich überreden lassen und einem Treffen für heute zugesagt. Ich habe ohnehin nichts anderes vor und komme somit aus Monikas Schusslinie.

Armin sitzt bereits im Kellerhaus, seinem Lieblingslokal. Kein Wunder, denn es ist eines der ältesten und seiner Meinung nach schönsten Gebäude der Stadt und der gesamten Umgebung. Obwohl ich im Denkmalschutz arbeitete, mag ich keine alten Fachwerkbauten. Doch ich schätze den bemerkenswert guten Service und auch die hochwertigen Weine und Speisen, die das Gasthaus bietet. Armin sitzt bereits an einem der Tische und trinkt einen Radler, so ein gepanschtes Zeug aus Bier und Limonade.

„Karin ist gegangen", sagt er ohne Umschweife und ohne ein Wort der Begrüßung.

„Karin? Ich kenne keine Karin."

Ich setze mich ihm direkt gegenüber mit Blick auf den Schlossteich.

Armin schweigt. Er schweigt sehr lange und schaut in sein Glas, als gäbe es dort etwas zu sehen. Auch ich sage nichts. Schließlich wollte er mit mir sprechen und nicht ich mit ihm.

„Meine Frau. Karin ist meine Frau."

Das hätte ich mir denken können, doch ich wusste gar nicht, dass er eine Frau hat. Er hat nie von ihr erzählt. Meint er mit gegangen, dass sie ihn verlassen hat? Oder ist sie von ihm gegangen, also gestorben? Da frage ich lieber nicht nach. Er wird schon sagen, was er zu sagen hat.

Ich bestelle mir inzwischen einen Kaffee und dazu einen deutschen Weinbrand. Weinbrände führen sie nicht. Whisky empfiehlt die junge Kellnerin oder einen besonderen Cognac. Da wähle ich lieber einen Obstbrand aus Äpfeln und Birnen.

Leider sitzen wir im Restaurant im Erdgeschoss und nicht draußen auf der Terrasse. Hier drinnen ist Rauchen unerwünscht. Solch ein Verbot finde ich unerhört, denn zu einem Kaffee und einem guten Gläschen gehört nun einmal eine Zigarette.

„Sie sagte, sie erträgt mich nicht mehr und will endlich leben.“

„Wie lange hat sie dich denn ertragen?“

Armin lächelt.

„Länger als fünfzig Jahre.“

Ich schaue ihn prüfend an. In der DDR heiratete man früh, mit zwanzig oder fünfundzwanzig Jahren. Also müsste Armin Mitte Siebzig sein. So alt kommt er mir gar nicht vor.

„Fünfzig Jahre sind eine lange Zeit.“

„Wir kannten uns schon während der Schulzeit und heirateten direkt nach dem Abitur, bevor wir uns für das Studium trennen mussten.“

Ich glaube nicht, dass dies eine kluge Entscheidung war. Trotzdem trennt man sich nicht nach so vielen Ehejahren. Es sei denn, es ist etwas Gravierendes vorgefallen. Eigentlich will ich es gar nicht wissen, doch da ich nun einmal hier sitze, fordere ich Armin auf, mir alles zu erzählen, von Anfang an.

„Der Anfang war nicht leicht. Sie wurde nach ihrem Studium als HNO-Ärztin in eine Poliklinik nach Karl-Marx-Stadt verpflichtet, während ich in Berlin bleiben musste.“

Mir ist klar, dass Fernbeziehungen selten gut

gehen. Doch das muss zig Jahre her sein und nicht der Grund für die heutige Trennung.

„Wir wohnten beide zur Untermiete: ich in Berlin und sie in Karl-Marx-Stadt." Erklärend fügt er hinzu: „Für Jungärzte gab es damals keine Wohnungen. Vielleicht haben wir deshalb keine Kinder."

Armin schweigt. Ich sehe ihm an, dass er an die Vergangenheit denkt. Hin und wieder schüttelt er seinen Kopf.

„Eigentlich habe ich sie während der ersten Jahre gar nicht vermisst. Ich war mit meinen Forschungsarbeiten beschäftigt, obwohl mir dafür nur die Exponate im Berliner Pergamon-Museum zur Verfügung standen. Forschungsreisen ins Ausland gab es erst nach der Wende."

Auch das ist lange her und kann nichts damit zu tun haben, dass Karin ihn heute nicht mehr erträgt.

„Was hast du denn gemacht?", will ich wissen.

Einen anderen Mann wird sie nicht haben, weil sie wohl ebenfalls Rentner ist, also mindestens so alt wie Monika. Für so eine Alte interessiert sich kein Mann mehr.

Wieder schweigt er lange, was mich so langsam verärgert. Ich habe ihm eine ganz einfache Frage gestellt, die er ebenso einfach beantworten könnte. Aber er sagt nichts.

„Nichts", sagt er schließlich. „Nichts habe ich gemacht, gar nichts."

Nun bin ich ebenso schlau wie zuvor. Außerdem glaube ich ihm nicht. Doch ob ich ihm nun glaube oder nicht: seine Ehe geht mich nichts an. Sie interessiert mich nicht im geringsten. Ich weiß gar nicht, warum ich hier noch herumsitze.

„Das ist der Grund", ergänzt er.

„Der Grund?"

Armin nickt und schaut in sein Glas. Langsam wird mir die Sache zu dumm. Er wollte reden und nun sitzt er mir schweigend gegenüber und bringt kaum einen halben Satz zustande. Am liebsten würde ich jetzt gehen. Andererseits sitzt man hier recht gemütlich mit Blick auf den nahen Schlossteich.

„Nichts ist der Grund? Oder ist der Grund, dass du nichts gemacht hast?"

Verwundert schaut mich Armin an und lässt dabei den Mund offen. Wenn er jetzt wieder ewig schweigt, stehe ich auf, werfe das Geld auf den Tisch und gehe.

„Rede endlich!", fauche ich ihn an. „Es muss einen Grund geben, weshalb sie dich nicht mehr erträgt."

Armin wirkt irritiert, fast erschrocken und sucht sichtlich nach Worten.

„Sie will reisen", sagt er leise.

Dann ist sie wie Monika. Jedes Jahr will sie fort, als wäre es anderswo anders oder gar besser als hier. Zuerst fuhr sie immer an die Ostsee, doch nach der Wende wollte sie unbedingt Europa erkunden und später Asien, Afrika und sogar Amerika. Sie ist eben verrückt. Ich bin kein einziges Mal mitgefahren, auch dann nicht, wenn sie Julie in Griechenland besuchte.

Außerdem ist es im Sommer hier angenehm. Man kann draußen sitzen und seine Ruhe genießen. Mir reicht das, Monika nicht.

„Dann lasse sie reisen! Monika fährt immer allein weg und fliegt in der Weltgeschichte herum. So lange sie dafür ihr Geld verschwendet und nicht meins, ist mir das gleichgültig."

Armin verzieht den Mund, als ob er gleich wie eine Frau in Tränen ausbricht. Dann schüttelt er seinen Kopf und sagt: „Sie will nicht in den Urlaub. Sie will Kindern helfen."

Ich zucke mit der Schulter. Kinder haben heute alles, was sie wollen und viel mehr, als sie jemals brauchen. Ihnen muss man nicht mehr helfen. Doch Frauen wollen ständig helfen, am liebsten Kindern. Monika spendet Geld für Kinder in Not und übernimmt Patenschaften für Kinder in Afrika oder Indien, die sie niemals sehen wird und die vermutlich dieses Geld auch niemals erhalten.

„Sie sagt, sie braucht eine Aufgabe, aber keinen Mann, den sie wie ein Kleinkind versorgen muss."

Jetzt bin ich sprachlos. Die Aufgabe einer Frau ist es, Mann und Haus zu versorgen. Doch wenn ich richtig verstanden habe, vergleicht sie ihren Mann mit einem Kleinkind. Das würde ich mir nicht bieten lassen.

„Sie sagt, ich wäre weltfremd und allein hilflos."

Also übertreibt sie ebenso wie Monika. Das ist wieder so ein Frauending, alles zu übertreiben. Und zudem unlogisch. Wenn Armin allein hilflos wäre, könnte sie ihn nicht allein lassen. Ehe ich nachfragen kann, erklärt er: „Karin will Schulen bauen."

Ich verstehe überhaupt nichts. Überall werden Schulen geschlossen. Das muss ich jetzt einmal zusammenfassen. Sie will Kindern helfen, indem sie Schulen bauen will, obwohl sie in Rente ist. Wie soll das funktionieren?

„Was soll das für eine Schule sein, die sie bauen will?", frage ich leicht genervt.

Wieder verzieht Armin den Mund und kratzt sich am Kopf.

„Irgendwo in Afrika."

Davon halte ich gar nichts. Leute, die in fremde Länder fahren, verstehe ich sowieso nicht. Und solche, die sich einmischen und anderswo die Welt verbessern wollen, statt den Dreck vor ihrer eigenen Haustür zu kehren, sind mir ein Gräuel. Dass Armin ausgerechnet an solch eine Person geraten ist, tut mir direkt leid für ihn.

„Wie stellt sie sich das vor in ihrem Alter?"

Armin zuckt mit der Schulter und sagt, dass er das nicht weiß.

„Dann pass bloß auf dein Geld auf!", rate ich ihm.

„Geld? Wieso denn Geld?"

Ist der Mann so blöd oder tut er nur so? Schulen kosten Geld. Dazu kommt der teure Flug nach Afrika und die Hotelkosten, falls es dort überhaupt Hotels gibt.

„Sie will nicht, dass ich mitkomme."

„Sei doch froh! Was willst du überhaupt in Afrika?"

Er zuckt nur mit der Schulter.

„Sie sagte, ich sei ein liebenswerter ...", er stockt, „Trottel. Sie sagte Trottel. Ich sei zu nichts zu gebrauchen, unbeholfen und weltfremd."

Unwillkürlich muss ich lachen, denn genauso habe ich Armin eingeschätzt. Dass er keinen Nagel in die Wand schlagen kann, ist nicht weiter tragisch, doch er ist nicht einmal imstande, einen Handwerker zu bestellen.

Armin ist Professor der Archäologie und buddelt irgendwo in der Erde, im Dreck, nach verschütteten Scherben und Knochen. Mir ist nicht klar, wozu das gut sein soll.

Als ich damals mit ihm zu tun hatte, hatte er den Auftrag, im Bergbaugebiet im Erzgebirge zu forschen. Doch ihn interessierte das Erzgebirge und die Neuzeit überhaupt nicht. Ihn interessierte nur das Altertum in Vorderasien, obwohl er dort zu DDR-Zeiten nicht graben durfte. Bergbau gibt es hier erst seit achthundert Jahren, das ist für ihn nicht alt genug.

„Karin sagte, mit mir könne man nicht einmal vernünftig reden, weil ich mich in meinen Gedanken immer im falschen Jahrtausend befinde.“

Plötzlich schaut er mich an und wirkt wie umgewandelt. Lebhaft blinzelt er mit seinen Augen und klopft mit der Hand auf den Tisch.

„Vor zehn Jahren wäre ich gern dabei gewesen, als sie anfingen, den Steinernen Wald auszugraben. Das wäre ein echtes Abenteuer gewesen, doch leider brauchten sie mich nicht.“

Für ihn ist es ein Abenteuer, einen Baum auszugraben. Solche Leute muss es wohl auch geben.

Begeistert schwatzt er weiter: „Der Zeisigwald-Vulkan begrub vor 290 Millionen Jahren ...“

„Moment!“, unterbreche ich ihn. „Der Zeisigwald ist hier in Chemnitz. Hier gab es überhaupt keinen Vulkan."

„Oh doch!", ruft er lebhaft aus. „Kennst du nicht den Beutenberg? Genau dort war der Vulkan und der hat den Wald unter einer dicken Ascheschicht begraben und konserviert."

Ich glaube ihm kein Wort und höre nicht mehr zu, als er mir erklärt, wo was vergraben, gefunden und ausgestellt ist. Das interessiert mich alles nicht.

Mich interessiert auch sein Problem mit seiner Frau nicht, weil ich nichts dabei tun kann. Andererseits hat er mich wegen seiner Frau hierher bestellt und nicht wegen eines wissenschaftlichen Vortrages über einen versteinerten Wald und Vulkane vor mehreren Millionen Jahren. Trotzdem habe ich keine Lust, ihn an Karin zu erinnern, die er in seinem Eifer über versteinerte Bäume komplett vergessen hat.

Er sollte sie ziehen lassen. Schließlich darf man Reisende nicht aufhalten.

Als ich am Abend Monika davon erzähle, sagt sie nur, es sei allein seine Schuld, dass Karin ihn nicht mehr erträgt, weil er nicht im Hier und Jetzt lebt. Mit solch einem Mann würde sie ebenfalls nicht leben wollen.

Mutter

„Empfänger unbekannt verzogen steht hier drauf.“

Ich halte Monika den Brief unter die Nase und lasse ihn fallen, als sie nicht gleich zugreift. Sie bückt sich, hebt den Umschlag auf und schaut ihn fassungslos an. Immer wieder. Was gibt es da so lange zu studieren? Es steht nur die Adresse drauf und dieser Stempel.

„Das verstehe ich nicht“, wundert sie sich und zieht ihr dummes Gesicht.

„Was gibt es da nicht zu verstehen?“, frage ich ungeduldig. „Der Empfänger ist verzogen, die Adresse ist also falsch und der Brief demzufolge nicht zustellbar“, kläre ich sie auf und ärgere mich, weil sie so schwerfällig begreift.

„Zeig her!“

Etwas unsicher reicht sie mir den Brief. Er ist an ihre Mutter gerichtet und geht mich nichts an. Doch ich sehe den Fehler sofort und würde ihr am liebsten den Umschlag links und rechts um die Ohren klatschen.

„Sie wohnt in der Nummer 32 wie wir. Du hast 23 geschrieben, ein Zahlendreher.“

Monika fand es damals lustig, dass unsere Hausnummer die gleiche wie die ihres Elternhauses ist. Sie hat sich einfach verschrieben, weiter nichts. Daraus ein Problem zu machen, halte ich für übertrieben.

Sie schüttelt langsam den Kopf und sagt: „Wohnte. Sie wohnte in der 32, jetzt nicht mehr."

Warum das? War ihr das Haus nicht mehr gut genug?

Ich sehe, wie ihr die Tränen übers Gesicht laufen. Sie ist wirklich dumm, wenn sie wegen eines Zahlendrehers heult.

„Es ist das zweite Mal, dass der Brief zurück kommt."

Sie reicht mir den Brief.

„Was soll ich damit?"

„Schau genauer hin!", fordert sie.

Pflegeheim lese ich.

„Wieso Pflegeheim?"

„Seit letzten Monat wohnt sie dort. Du warst im Krankenhaus, als ich das regelte."

Macht sie mir daraus einen Vorwurf? Ich bin nicht schuld daran, dass ich im Krankenhaus lag. Und ich bin auch nicht zuständig für ihre Mutter.

Ihre Mutter ist bis auf meine Schwester alles, was wir an Familie noch haben. Meine Eltern leben schon viele Jahre nicht mehr, auch Monikas Vater ist längst verstorben, Geschwister hat sie keine.

Monika berichtet, dass ihre Mutter beim letzten Besuch hilflos wirkte und am liebsten sofort sterben wollte, weil sie sich nicht mehr zurechtfand. Sie sagte, sie gehöre nicht mehr in diese Welt. Die Zeit sei weitergegangen und hätte sie zurückgelassen. Ihr Mann sei gestorben, die meisten Freunde ebenfalls. Sie hatte Probleme mit der Fernbedienung für den neuen Fernsehapparat, dem Elektroherd und ihrer Bankkarte. Das Leben war ihr zu kompliziert geworden, sie verstand es einfach nicht mehr.

„Sie so unglücklich und hilflos zu sehen, tat mir in der Seele weh."

Sie ist eben alt, viel älter noch als Monika. Alte Leute finden sich nun mal nicht mehr zurecht in der heutigen Zeit.

„Ihrem Haus gegenüber wurde ein neues Pflegeheim gebaut und erst kürzlich eröffnet. Dort bekam ich sofort einen Platz für sie."

„Und wer zahlt das alles?"

Das ist eine ganz normale Frage.

Trotzdem schaut sie mich tadelnd an und sagt ernst: „Das deckt ihre Rente ab. Auf jeden Fall muss ich hinfahren, denn im Umschlag sind Unterlagen, auf die sie wartet."

„Jetzt?"

„Ja, ich will das sofort erledigen. Kommst du mit?"

„Mein Auto fahre ich immer noch selbst“, gebe ich zurück.

Der Benz ist neu, wir haben ihn erst seit drei Tagen. Er ist also noch nicht einmal eingefahren. Das überlasse ich ihr nicht.

„Es ist nicht *dein* Auto. Es ist unser Auto, weil ich kein eigenes mehr brauche. Du erinnerst dich?“

Selbstverständlich erinnere ich mich an den Tag, an dem ich endlich meinen neuen Mercedes abholen wollte. Ich erinnere mich sogar an jeden einzelnen Satz dieses peinlichen Verkaufsgesprächs im Autohaus.

*****

Mein Versicherungsvertreter hatte alles wie gewünscht geregelt und für nahezu alle Extras gesorgt, die ich im Fahrzeug brauche. Leider ist es nicht fabrikneu, weil ich die Lieferzeit von fünf Monaten nicht akzeptieren kann. Deshalb musste ich mich mit einem Vorführmodell zufrieden geben. Mir gefällt es nicht, wenn schon jemand mit meinem Auto gefahren ist, auch wenn es nur kurze Probefahrten sind.

Trotzdem gefiel mir das silbergraue Sportmodell auf Anhieb. Es war sogar noch schöner als das, was dieser Idiot zu Schrott gefahren hat. Doch Monika fand es zu groß, zu protzig und vor allem zu unbequem. Sie behauptete, dass ein höherer Einstieg für unser Alter besser geeignet sei. Dabei spielt in einem Auto das Alter überhaupt keine Rolle, weil man Technik und Pedale vom Sitz aus bedient. Davon versteht sie nichts. Ich ärgerte mich, sie mitgenommen zu haben.

Mit Monika habe ich noch nie über Autos gesprochen, weil sie weder Ahnung von Technik hat noch Sinn und Verstand für ein besonders sportliches Modell. Nicht einmal ein Statussymbol ist ihr wichtig. Für sie muss ein Fahrzeug praktisch sein. Hat man jemals gehört, dass ein Auto praktisch sein muss? Ich bin schließlich kein Handwerker!

Ich ließ sie einfach reden und wollte nur noch den Preis ein wenig herunterhandeln, bevor ich den Kaufvertrag unterschreibe. Immerhin ist es mein Auto und mein Geld!

Doch der Verkäufer gab Monika Recht. Was glaubt der, wer die Rechnung bezahlt? Statt sich auf mich zu konzentrieren, zog er Monika beiseite und forderte mich auf, ihm zu folgen. Ich war derart perplex, dass ich nicht wusste, was ich ihm in meinem Zorn an den Kopf werfen sollte.

Er faselte ganz begeistert von einem Vorführmodell mit allem Schnickschnack, das ich sofort für einen sensationell günstigen Preis haben könnte.

Jedenfalls führte er uns zu einer Art Van der B-Klasse. Eine Familienkutsche! Monika war ganz begeistert und meinte, wir hätten leicht *alle* darin Platz. Wir sind nur zu zweit! Vermutlich hatte sie die Enkel und wer weiß wen im Kopf und glaubt, ich fahre die Meute spazieren. Das werde ich zu verhindern wissen!

Der Verkäufer hielt mir die Tür auf und dann ritt mich wohl der Teufel, denn ich stieg tatsächlich ein. Der Einstieg war wirklich bequem und ich vermisste nicht einmal die Sportschalensitze. Mir fiel sofort der Rundumblick angenehm auf und die zwei riesigen Bildschirme. Das ist zwar nichts Besonderes mehr, mich beeindruckte das Ganze trotzdem. Allerdings vermisste ich die Handschaltung. Die sei in den neuen Modellen nicht mehr vorgesehen.

In höchsten Tönen pries der Verkäufer die Sicherheits- und Bremssysteme und dass das Auto den Weg zu den Enkeln fast von selbst findet und bei Stau automatisch Alternativrouten anbietet. So etwas brauche ich nicht, ebenso wenig Einparkhilfen und Abstandsmelder. Ich habe schließlich Augen im Kopf. Für Monika ist das eher angebracht, weil Frauen bekanntermaßen schlechter Auto fahren als Männer. Doch das Fahrzeug sollte schließlich für mich sein.

Jedenfalls hat sie sich mit Hilfe des Verkäufers am Ende durchgesetzt. Wir besitzen seit drei Tagen diese Familienkutsche und ich muss zugeben, dass sie recht bequem ist und man gar nicht merkt, dass sie für alte Leute konzipiert ist.

Sogar das Kennzeichen hat Monika bestimmt: KG für meine Vornamenskürzel und das Geburtsjahr, damit ich es mir leichter merken kann. Dabei habe ich im Gegensatz zu ihr kein Problem mit meinem Gedächtnis.

Vier Tage mussten wir noch auf die Zulassung warten. Bei der Abholung ließ sie ihr Auto einfach dort stehen, das sei so vereinbart. Mit mir jedenfalls nicht. Ihrer Meinung nach reicht uns im Alter ein Fahrzeug.

*****

„Ich fahre selbst!", weise ich sie zurecht. „Wie immer!"

„Heute ist nicht wie immer. Du hattest einen schweren Verkehrsunfall und fühlst dich manchmal schwindlig."

„Papperlapapp!"

Das fehlte noch, mich von meiner Frau kutschieren zu lassen! Monikas Mutter wohnt siebzig Kilometer entfernt. So weite Strecken bin ich seit dem Unfall noch nicht wieder gefahren. Doch es wird kein Problem sein.

„In Ordnung", gibt sie nach. „Ich hole nur eben die Gartenschere und schneide ein paar Blumen für Mutter ab."

Blumen. Immer müssen Frauen Blumen haben und mitbringen. Ich brauche das nicht.

Unterwegs erklärt sie mir, dass eine Umzugsfirma, die auf Haushaltsauflösungen spezialisiert ist, das ganze Haus innerhalb eines einzigen Tages leergeräumt und besenrein übergeben hat. Sie musste vorher nur die persönlichen Sachen wie Fotos, Kleider und Papiere, die ihre Mutter behalten wollte, heraustragen. Das habe sie viele Stunden Zeit und Arbeit gekostet. Und das alles, während ich im Krankenhaus lag und sie großen Kummer hatte.

Ich weiß nicht, welchen Kummer sie meint. Sie muss schon deutlicher sagen, ob sie von mir oder ihrer Mutter spricht oder gar davon, dass plötzlich Julie mit ihren vier Kindern auftauchte und sich bei uns einquartierte.

Eine gute Stunde später parke ich vor dem Pflegeheim.

„Dort steht der Briefträger!", ruft Monika aus und zeigt auf den Mann, der vor dem Nachbarhaus ihrer Mutter steht.

Eilig steigt sie aus, überquert die Straße und wedelt dabei mit dem Umschlag.

„Hallo! Sie! Warten Sie!"

Wohl oder übel folge ich ihr und höre, wie sie den Mann fragt: „Warum schicken Sie mir diesen Brief zwei Mal zurück?"

Er schaut kurz auf den Umschlag, zeigt auf das Haus, in dem früher Monikas Mutter wohnte, und sagt: „Die Frau wohnt hier nicht mehr."

„Ich weiß. Sie wohnt dort!"

Monika zeigt über die Straße auf ein großes, neues Gebäude mit der Aufschrift *Marthaheim am Park*.

„Glauben Sie mir, diese Frau ...", er tippt mit dem Finger auf den Umschlag und zeigt erneut auf das kleine, alte Haus, „... wohnt hier nicht mehr."

Dann steigt er in sein Auto und fährt davon. Ich fasse es nicht, was es für dumme Menschen gibt. Der Briefträger kennt Monikas Mutter vermutlich seit vielen Jahren und hat nur ihren Namen gelesen, nicht die neue Adresse, die sich allerdings nur durch den Zahlendreher unterscheidet.

„Mama!", ruft Monika freudig aus, als sie ihre Mutter begrüßt.

Mama sagen Babys und Kleinkinder, aber keine erwachsenen und schon gar nicht so alte Leute wie Monika. Ich halte das für äußerst albern und unangebracht.

Ich sehe mich im Zimmer um. Es ist hell durch zwei bodentiefe Fenster und eine Balkontür und mit den Möbeln der Schwiegermutter vollgestellt. Nur das Bett gehört wohl dem Haus. Die Wände sind gelb gestrichen.

Monika stellt die Blumen in eine Vase, holt Tassen aus einem Schrank und gießt Kaffee hinein. In die Tischmitte stellt sie einen Teller mit Keksen. Vermutlich hat sie das alles von daheim mitgeschleppt.

Die beiden Frauen schnattern ohne Pause über unwichtige Dinge. Mir wird schnell langweilig und ich sehe mich im Haus um. Die breiten Gänge in verschiedenen Farben gefallen mir gut. Überall hängen Fotos von Landschaften. Es gibt Sessel, Tische und eine Unmenge an Pflanzen. Trotzdem möchte ich meinen Lebensabend nicht in einem Heim verbringen, sondern in meinem Haus.

Als ich zurückkomme, weinen beide. Verärgert trete ich ans Fenster und schaue hinunter in den Park. Immer dieses Theater mit den Frauen. Ständig gibt es Szenen mit Tränen und Wehklagen.

„Grüße mir Sandra! Am liebsten würde ich mitkommen, um sie noch einmal zu sehen. Mir tut das Mädchen so leid."

Monika reicht ihrer Mutter ein Taschentuch.
„Ist gut, Mama."
Dann gehen wir endlich.

Sandra

„Was hat deine Mutter für ein Problem mit Sandra?", frage ich während der Heimfahrt, obwohl
es mich nicht wirklich interessiert.
Zaghaft antwortet Monika: „Unsere Sandra …"
Sie räuspert sich, als hätte sie einen Frosch im
Hals. „Sie musste ihre Wohnung verlassen."
„Ist sie schon wieder umgezogen?"
Mich ärgert, dass die jungen Leute ständig um-
ziehen. Jeder Umzug kostet Geld, sieben Mal
umgezogen ist wie einmal abgebrannt. Außerdem brauchen sie heute aller Jahre neue
Möbel. Meine Eltern hatten bis zu ihrem Tod
kein einziges Möbelstück ausgetauscht, nicht
einmal Besteck, Geschirr und Töpfe. Sogar die
Bettwäsche hielt bis zum jüngsten Tag. Das war
noch Qualität. Die heutige Jugend schätzt
nichts mehr. Sie trennt sich viel zu schnell und
ohne Bedauern von Möbeln und sogar Part-
nern. Das kann nicht gut gehen.
Monika schüttelt müde den Kopf.
„Sie ist jetzt in einem Heim."
Heim. Kann sie sich nicht klarer ausdrücken?

Arbeitet sie dort und wohnt mit im Haus? Das gibt es manchmal bei Hotels und Krankenhäusern und ist für junge Leute recht praktisch. Aber ich frage nicht nach. Wer nicht reden will, muss es bleiben lassen. Wenn es wichtig für mich wäre, würde sie es sagen.

Monika schnäuzt in ihr Taschentuch. Heult sie schon wieder? Dieses Mal kann sie mir nicht vorwerfen, etwas Falsches gesagt zu haben, denn ich habe überhaupt nichts gesagt und auch nicht vor, etwas zu sagen.

Vermutlich sorgt sie sich noch immer um ihre Mutter, obwohl diese im Heim gut aufgehoben ist. Besser jedenfalls, als wenn sie sie mit zu uns geschleppt hätte. Zuzutrauen wäre es ihr.

„Ich erzähle dir alles, wenn wir zu Hause sind." Immer dieses Getue! Sie soll sagen, was sie zu sagen hat und kein albernes Geheimnis daraus machen.

Während der Weiterfahrt denke ich über Sandra nach. Sie ist lesbisch. Ich habe ihr von Anfang an deutlich gesagt, was ich davon halte: NICHTS! Es ist unnatürlich und ich will damit nichts zu tun haben. Monika scheint es nicht zu stören, dass sich ihre jüngste Tochter in solch eine falsche Richtung entwickelte und keinen Mann will. Ich begreife das nicht.

*****

Sandra war nicht viel älter als 20 Jahre, als sie während eines Spaziergangs eine junge Frau bemerkte, die auf einer Parkbank saß und bitterlich weinte.

Die Frau erzählte ihr, dass sie Simone heißt und große Schuld auf sich geladen habe und vor Kummer nicht mehr ein noch aus wisse. Simone wollte vor einem Jahr mit ihrem neuen Porsche ihre Schwester zur Hochzeit fahren. Über Frauen, die Porsche fahren, habe ich gleich meine Zweifel. Außerdem ist ein Porsche keine passende Brautkutsche. Jedenfalls wollte Simones Schwester unbedingt selbst das Fahrzeug lenken, obwohl oder weil sie noch nie in solch einem Sportauto gesessen hatte. Schließlich gab Simone nach und ließ die Braut ans Steuer. Diese überschätzte die Kraft des Motors, kam in einer Kurve ins Schleudern und krachte gegen einen Baum.

Simone wachte im Krankenhaus auf und erfuhr, dass ihre Schwester den Unfall nicht überlebt hatte. Sie selbst hatte außer einigen Knochenbrüchen vor allem schweren psychischen Schaden erlitten. Sie trauerte um ihre Schwester und musste zudem verkraften, dass ihre Eltern nichts mehr mit ihr zu tun haben wollten, weil sie ihr die Schuld an dem Unfall gaben. Sie besuchten sie nicht im Krankenhaus und halfen ihr auch nicht, später wieder Fuß im Leben zu fassen.

„Wäre doch nur ich gefahren!", klagte sie ohne Pause. „Warum habe ich mich überreden und sie fahren lassen?"

Das war natürlich eine sehr böse Geschichte. Am Unfall trug Simone keine Schuld, wohl aber daran, dass sie ihre Schwester ans Steuer ließ. Sandra glaubte nicht, dass jemand seiner Schwester an ihrem Hochzeitstag diesen Wunsch abgeschlagen hätte. Es war ihre Entscheidung und somit auch ihre Verantwortung. Selbst, wenn Simone gefahren wäre, wäre es nicht sicher, dass es keinen Unfall gegeben hätte und auch nicht, ob beide überlebt hätten.

Doch Simone war überzeugt von ihrer Schuld, weil sie nicht selbst gefahren war, sondern ihrer Schwester erlaubt hatte, sich totzufahren.

Sandra wollte ihre neue Freundin nicht allein lassen mit ihrer Trauer. Sie wollte sie trösten und ihr helfen, wieder Freude am Leben zu finden. Also packte sie ihre Sachen und zog zu Simone in deren Wohnung, für meine Begriffe viel zu schnell.

Anfangs besuchten uns die Mädchen an jedem Wochenende. Monika bekochte sie und buk sogar immer einen Kuchen. Mir war das gar nicht recht.

Außerdem mochte ich Simone nicht. Sie hatte rappelkurze, grün gefärbte Haare und scheußlich bunte Tätowierungen an beiden Armen. Mir passte das gar nicht und ich verspürte keine Lust, mich mit ihr zu unterhalten.

Eines Tages eröffnete uns Sandra, sie habe sich in Simone verliebt und wolle sie heiraten.
Monika schien nicht einmal überrascht, während ich diesen Unsinn nicht glaubte. Für mich war es so ein Mädchending, das sich recht bald wieder normalisieren würde, spätestens, wenn sich Simone von ihren albernen Schuldgefühlen erholt hätte.
Doch es normalisierte sich nichts. Die Beiden haben tatsächlich geheiratet. Zwei Frauen! Auf keinen Fall wollte ich zu dieser Farce beitragen und bin nicht zu dieser „Hochzeit" gegangen. Was sollen die Leute von mir denken?

Als ob das nicht schlimm genug wäre, kam es einige Jahre später noch schlimmer!
Sandra erzählte uns, dass Simone jetzt Simon heißt. Zuerst glaubte ich an einen Scherz, weil zu einem normalen Paar Mann und Frau gehören. Doch Sandra lachte nicht. Sie sprach sehr ernst von einer Psychotherapie, die das Umschreiben des Namens verlangt. Simon habe einen neuen Ausweis, indem er amtlich

als Mann geführt wird. Als Mann! Ich sah keinen Sinn darin und hatte so etwas zuvor noch nie gehört.

Eine Frau ist und bleibt eine Frau und ein Mann ein Mann. Daran gibt es nichts zu deuteln und schon gar nichts zu ändern.

Doch Simone wollte die Natur ändern. Sie schluckte Pillen, weil sie ein Mann werden wollte. Sie sagte, sie fühlte sich von Kindheit an im falschen Körper und habe immer darunter gelitten. Jetzt gäbe es die Möglichkeit, ihr zu helfen. Nach erfolgreicher Hormonbehandlung will sie entscheiden, ob sie mit einer Operation auch das Geschlecht angleichen lässt, um komplett ein Mann zu sein. Sie holte ein Heft aus ihrer Tasche und erklärte uns Details anhand von Zeichnungen und Bildern. Ich fand das alles nur abstoßend.

Bis jetzt hatte ich von unseren Gesetzen und Ärzten immer eine recht hohe Meinung. Doch das werde ich überdenken müssen, zumal diesen ganzen Unsinn sogar die Krankenkasse bezahlt.

Mich brachte es außerdem in Wut, dass Sandra nun ständig von *ihm* und Simon sprach.

Ich habe sie gefragt, ob sie dann keine Lesbe mehr ist, wenn aus ihrer Simone eines Tages tatsächlich ein Simon werden sollte. Darauf wusste sie keine Antwort. Und als ich ihr riet, lieber gleich einen echten Mann zu nehmen statt sich mit einer kosmetischen Verwandlung abzugeben, war sie beleidigt und besucht uns seitdem nicht mehr.

Das muss sie selbst wissen. Ich sehe jedenfalls keinen Grund, ihr nachzulaufen. Monika trägt natürlich jede Woche Kuchen, Krautrouladen oder Blumenstöcke hin und glaubt am Ende, ich merke das nicht.

Monika glaubt, Sandra habe sich in die Person verliebt, unabhängig vom Geschlecht. Doch Simone ist gerade das Geschlecht so wichtig, dass sie es ändern will.

*****

Kaum sind wir daheim, stellt Monika nur kurz ihre Tasche ab und zeigt auf den Sessel.

„Setz dich!"

Sie schaut mich an und wirkt irgendwie wütend und gleichzeitig erschöpft, als sie mir gegenüber aufs Sofa sinkt.

„Sie stirbt. Vielleicht morgen schon. Vielleicht nächste Woche."

„Deine Mutter stirbt? Sie sah doch ganz munter aus für ihr Alter."

Monika schnäuzt in ihr Taschentuch, dann kratzt sie auf ihrem Kleid herum. Ich hasse diese dumme Angewohnheit.

„Sandra", sagt sie seufzend und schaut mich an dabei. „Unsere Kleine stirbt."

Gab es einen Unfall? Warum sagt sie mit das nicht? Ich will aufstehen, doch meine Beine gehorchen mir nicht. Also bleibe ich sitzen.

„Was hat sie?", frage ich schließlich.

Plötzlich packt mich unbändige Wut und ich schreie: „Sie hat AIDS. Richtig?"

„Wie kommst du darauf?"

Monika schaut mich entsetzt an.

„Sie ist eine Lesbe, treibt es mit Frauen und jetzt bekommt sie ihre Strafe."

„Strafe? Was für eine Strafe?"

„Stell dich nicht so dumm!", brülle ich ganz außer mir. „Sie hat sich versündigt und die Krankheit ist jetzt die Quittung."

„Versündigt? Wie redest du? Schau aus dem Fenster! Die Zeiten ändern sich."

Wütend zieht Monika ihre Stirn kraus.

„Die Zeiten ändern sich", äffe ich sie nach. „Doch sie ändern sich nicht zu ihrem Vorteil."

Ich habe es von Anfang an gewusst, dass dieser Schweinkram zu nichts Gutem führt.

„Krank ist das!", schreie ich sie an. „Krank! Und das führt zu AIDS."

Sie schüttelt den Kopf.

„Lesben infizieren sich mit HIV auf genau dem gleichen Weg wie alle anderen AIDS-Kranken."

Sie kann mir viel erzählen. Lesben sind anders als normale Frauen, folglich infizieren sie sich auch anders. Verächtlich schnaufe ich durch die Nase.

„Nein, unsere Sandra hat ...", sie kratzt schon wieder mit ihrem Fingernagel auf ihrem Kleid, „Sie hat die Creutzfeldt-Jakob-Krankheit."

Ich bin ein gebildeter Mensch, doch von dieser Krankheit habe ich noch nie gehört. Ich verstehe nur, dass Sandra eine Krankheit hat, von der man sterben kann. In meiner Familie gab es keine Krankheiten. Doch in Monikas Familie gibt es Diabetes und einer starb sogar an einem Schlaganfall.

„Keiner kann ihr helfen", schluchzt Monika und sucht nach ihrem Taschentuch.

*****

„Heule nicht!", will ich sagen, doch mir bleiben die Worte im Hals stecken. Endlich schaffe ich es, aufzustehen und gehe nach nebenan in mein Arbeitszimmer. Mir ist plötzlich heiß, obwohl es heute recht frisch geworden ist. Gestern noch war es mehr als dreißig Grad heiß und heute kaum noch fünfzehn. Der Regen peitscht gegen die Terrassentür. Das sollte mich freuen, denn Hitze vertrage ich nicht mehr, sie macht meinen Körper schwer wie Blei und unbeweglich.

Ich merke, wie mein Hemd unter den Achseln nass wird und mir der Schweiß von der Stirn tropft. Ich bekomme Angst und fange an zu zittern, denn mir fallen die Warnungen des Arztes vor Schlaganfall und Herzinfarkt ein. Seit meiner Milz-Operation gehöre ich zu den Risikopersonen. Ich glaube, Schweißausbrüche sind erste Anzeichen für einen Infarkt.

Besorgt setze ich mich an meinen Computer und will *starkes Schwitzen* eingeben, doch ich tippe ganz mechanisch *Creutzfeldt-Jakob-Krankheit*. Entsetzt lese ich von einer sehr rasch fortschreitenden Demenz mit motorischen Störungen und unwillkürlichen Muskelzuckungen. Sie gilt als die menschliche Variante des sogenannten Rinderwahns BSE, ist ansteckend und führt zu einer Zerstörung des Hirngewebes. Eine Therapie gibt es nicht. Die meisten Betroffenen versterben innerhalb eines Jahres. Als Ursache wird eine Erbkrankheit vermutet. Doch wahrscheinlicher seien Übertragungen während einer Operation oder neuerdings durch Verspeisen infizierten Rindfleisches.

Sandra wurde meines Wissens nicht operiert, aber ich. Ich weiß nicht, ob sie Rind oder Schwein isst oder überhaupt kein Fleisch. Ich

weiß recht wenig über sie. Und ich weiß nicht, was ich von dieser Krankheit halten soll. Auch die Ärzte scheinen nicht viel zu wissen, sie kennen nicht einmal die Ursachen. So schlimm wie in diesem Artikel beschrieben hatte ich mir das nicht vorgestellt. Ich dachte, Monika übertreibt, weil sie immer übertreibt.
Muskelzuckungen steht im Text und dass die Krankheit ansteckend ist.

Ich gehe zurück in die Stube.
„Du hast sie besucht?“
„Natürlich. Ich bin jeden Tag bei ihr.“
Jeden Tag also. Das heißt, am Ende schleppt sie uns die Krankheit ins Haus! Mich könnte die kleinste Infektion töten. Im gleichen Moment schäme ich mich vor mir selbst für diesen Gedanken. Es geht um unsere jüngste Tochter Sandra. Ich mag mir nicht vorstellen, dass sie sterben könnte. Wann habe ich sie zuletzt gesehen?
Monika besucht sie also jeden Tag.
„Wo ist sie?“, frage ich leise.
„Sie liegt hier im Stadtkrankenhaus. Ihr geht es gar nicht gut.“
Ich nicke und denke, dass sie wenigstens versorgt ist. Doch ich sage nichts. Was soll ich auch sagen?
Mit Krankengeschichten und Krankenhäusern

kenne ich mich nicht aus und will es auch gar nicht. Die Klinik, in der ich nach meinem Unfall lag, ist erschreckend groß, fast wie eine eigene Stadt. Es gibt eben viele kranke Menschen. Oder benötigt nur die Klinik so viele Kranke, um wirtschaftlich arbeiten zu können? Ich habe mich in den vielen Häusern, Abteilungen und Gängen nicht zurecht gefunden und würde freiwillig keinen Fuß in dieses furchteinflößende Gelände setzen.

„Manchmal kann ich mich nur schwer überwinden, in ihr Zimmer zu gehen", flüstert Monika.

Überrascht schaue ich auf und warte auf die Erklärung, was sie mir damit sagen will.

„Wenn sie so schlimm von Zuckungen geschüttelt wird, als stünde sie unter Strom, tut mir jede Faser meines Körpers weh. Mir ist es schier unerträglich, sie so schrecklich leiden zu sehen. Ich möchte sie in meinen Armen halten, bis der Anfall vorüber ist."

Jetzt weint sie schon wieder. Damit ändert sie nichts. Man muss solche Sachen sachlich angehen.

Also frage ich: „Was genau sagt der Arzt?"

„Der Arzt sagt", Monika schluckt und schaut auf ihre Hände, „sie versteht alles, aber sie kann nichts steuern, weder ihre Worte noch ihre Muskeln, Arme oder Beine."

Dabei fuchtelt sie erst mit ihren Händen durch

die Luft und lässt sie dann auf ihre Beine sinken. Weil ich immer noch nicht weiß, was ich sagen soll, aber irgend etwas machen will, gehe ich zurück in mein Arbeitszimmer und stecke mir eine Zigarette an. Eigentlich ist mir nach einem Schnaps zumute, zumal mir plötzlich übel ist. Da hilft ein kleiner Korn immer recht schnell. Doch im Moment fühle ich mich seltsam schwach und mag nicht noch einmal aufstehen. Ich mag auch Monika nicht bitten, mir ein Gläschen zu bringen. Sie würde mich dann so typisch anschauen: halb fragend und halb mahnend. Das ertrage ich jetzt nicht.

*****

„Warum wurde ich nicht informiert?", will ich am Abend wissen.

„Weil sie es nicht wollte."

„Es interessiert mich nicht, was sie will und was nicht. Es gehört sich, die Familie zu informieren."

Dabei klopfe ich mit der Hand auf den Tisch. Sie soll wissen, dass es mir ernst ist.

„Ich bin informiert, ihre Schwestern auch und natürlich Simon."

Wütend schreie ich: „Ihr Weiber habt Geheimnisse vor mir!"

„Du musst nicht alles wissen", sagt Monika

kühl.

Jetzt wird sie unverschämt. Und genau das sage ich ihr deutlich. Wo kommen wir hin, wenn eine Frau macht, was sie will? Ich merke, wie mein Blutdruck steigt und mache ihr ein Zeichen, dass ich meine Tropfen brauche. Sie bleibt sitzen und schaut mich an, als hätte sie mich nicht verstanden. Gleichzeitig erkenne ich Trotz in ihrem Blick. Sie bietet mir absichtlich die Stirn.

„Früher hast du mir nicht so dreist widersprochen", kritisiere ich.

„Wenn ich nichts entgegne, heißt das nicht, dass ich dir zustimme. Meist bringt es nichts, dir zu antworten."

Ich will keine Antwort, ich will, dass sie macht, was nötig ist. Und wenn sie das nicht von allein merkt, muss ich es ihr sagen.

„Deine stets missmutige Laune, die tadelnde Miene und die herablassende Kritik sind zum Davonlaufen abscheulich."

Abscheulich bezeichnet sie mich. Es ist von ihr abscheulich, solche Dinge zu äußern. Noch bin ich der Herr im Haus! Obwohl ich im Moment krank bin und mich auf einmal sehr schwach fühle. Das nutzt sie schamlos aus.

„Aber es geht nicht um dich, es geht um unsere Tochter", sagt sie so leise, dass ich sie kaum verstehe.

Sandra ist krank, schwer krank. Da ist es verständlich, dass Monika nicht mehr sie selbst ist. Verwirrt überlege ich, an welcher Stelle unser Gespräch von Sandra abwich. Es ging darum, dass sie nicht wollte, dass ich von ihrer Krankheit erfahre. Das verstehe ich nicht.

„Warum wollte sie nicht, dass du mich informierst?"

„Sie sagte, du warst nicht in guten Zeiten für sie da, also braucht sie dich schon gar nicht in schlechten."

Fassungslos schaue ich Monika an. Ich habe für eine große Familie gesorgt. Sandra ist zweiunddreißig Jahre alt und für sich selbst verantwortlich. Was wirft sie mir vor? Dass ich ihr sage, dass Lesben von der Natur nicht vorgesehen sind?

„Was hat sie denn erwartet?", frage ich nun doch.

„Dass du dich für sie interessierst. Du hast nie gefragt, was sie gern macht, sondern ihr nur gesagt, was du von ihr erwartest."

Ich erwartete von ihr ebenso wie von meinen anderen Töchtern, dass sie machten, was Eltern, Lehrer, Ausbilder und Chefs von ihnen verlangten. Sonst wird nichts aus ihnen. Monika war schon immer viel zu nachgiebig. Sie allein ist schuld daran, dass die Eine auf einen Taugenichts hereinfiel, die Andere ihren Mann nicht halten konnte, die Dritte sich in der Weltgeschichte herumtreibt und die Vierte keinen Mann will, sondern eine Frau.

Bei meiner Erziehung hätte es das nicht gegeben. Ich hätte Sandra niemals erlaubt, bei der Feuerwehr zu arbeiten, jedenfalls nicht im Schichtdienst bei gefährlichen Einsätzen vor Ort., sondern in einem Büro. Wer will schon eine Frau, die einen Männerberuf ausübt?

„Du hast sie verzogen! Versaut hast du sie!", schimpfe ich.

Sie verzieht den Mund zu einem Lächeln, das ausgesprochen verächtlich aussieht.

„Ich habe den Mädchen immer gesagt, sie sollen sie selbst bleiben und sich nicht beeinflussen lassen – auch nicht von dir." Direkt provozierend schaut sie mir ins Gesicht und zischt: „Vor allem nicht von dir!"

Sie hat also die Mädchen gegen mich aufgehetzt! So sieht es aus! Doch der Grund dafür leuchtet mir nicht ein. Ein Kind muss man erziehen, formen, die richtige Richtung weisen, damit etwas aus ihm werden kann. Das sollte sie als gelernte Erzieherin eigentlich wissen. Vielleicht kam ich ihr zu streng vor, doch ich habe keines der Mädchen geschlagen, obwohl sie mich oft genug zur Weißglut brachten.

Nadine weniger. Sie war immer still und störte mich nicht. Doch Julie mit ihrem lauten Organ sprang lärmend im ganzen Haus herum. Sonja nervte mit ständig neuen Einfällen. Und Sandra? Über sie weiß ich wenig zu sagen.

Sie wurde 1987 geboren. Bald darauf begann die aufregende Zeit nach der Wende mit vielen Veränderungen im Amt, auf die ich mich konzentrieren musste.

Monika war ganz aus dem Häuschen, weil es plötzlich so viele schöne Dinge zu kaufen gab. Die Mädchen bekamen neue Kleider, sogar Jeans und bunte Pullis, die jetzt in allen Größen angeboten wurden, zudem unglaublich preiswert. Jeden Tag wusste sie Neuigkeiten, wo ein neuer Laden eröffnet hatte, welcher Nachbar im Westen arbeitete und wer sich einen VW leisten konnte – einen alten zwar, doch immerhin.

Ich hatte keine Nerven für ihre Geschichten und auch keine für die pubertierenden Mädchen. Das ist nicht meine Schuld, eher ihre. Die Frau soll dem Mann den Rücken frei halten, damit er Geld verdienen und für die Familie sorgen kann. Ich habe gut verdient. Und was ist der Dank? Vorwürfe! Vorwürfe über längst Vergangenes, das nicht mehr zu ändern ist.

Monika steht auf, holt vier Bücher aus dem Regal und hält sie mir entgegen. Was soll ich damit? Sie weiß, dass ich keine Bücher lese.

Also greife ich nicht zu.

„Diese vier Bücher hat Sandra geschrieben und keins davon hast du gelesen", sagt sie vorwurfsvoll.

Verwundert schaue ich sie an. Ich wusste nicht, dass meine Tochter Romane schreibt. Warum sagt mir das keiner?

Monika legt mir die vier Bücher auf meine Schenkel. Das oberste rutscht und fällt hinunter auf den Teppich. Mit der Hand halte ich die anderen fest und schaue mir die Titelbilder an. Auf jedem ist ein Haus mit Garten zu sehen und davor steht eine Frau. Obwohl die Häuser und Frauen verschieden sind, gleichen sich die Bilder. Es geht um Träume und Herzen und eine Schwester. Also Frauengeschichten, was einen vernünftigen Mann wie mich nicht interessiert. Sandra saugt sich etwas aus den Fingern, was sie in ihren jungen Jahren niemals erlebt haben, geschweige beurteilen kann. Mir ist klar, dass sich Monika davon beeindrucken lässt, weil sie ebenfalls Bücher liest, Romane über Liebe. Für mich ist das Schrott.

„Nichts für Männer. Das sehe ich sofort."

„Das sagst du so abwertend, als wären Bücher für Frauen nichts wert."

Natürlich sind sie nichts wert. Die einzigen Bücher, die man lesen sollte, sind Lehrbücher mit sachlichem Inhalt. Ich brauche das nicht, jedenfalls nicht mehr. Aber sie sollte statt Herz-Schmerz-Schnulzen lieber ihre Kochbücher lesen. Das hätte einen Nutzen.

„Du solltest erst einmal lesen, was sie geschrieben hat, bevor du darüber urteilst.“

Das werde ich ganz sicher nicht, weil ich schon am Titelbild erkenne, was mich erwartet. Es geht um unverstandene Frauen, verschmähte Liebe, nichts wichtiges.

„Bücher zu lesen ist wichtig“, erklärt sie, als hätte ich ihre Belehrung nötig. „Noch wichtiger sind nur Gespräche.“

Gespräche. Sie liebt Gespräche, besonders solche über Probleme. Ich mag keine Probleme und ich mag schon gar nicht darüber reden. Je älter ich werde, desto weniger ertrage ich Stress, Konflikte und Dramen. Ich brauche gutes Essen, ungestörten Schlaf und meine Ruhe. Ich werde verhindern, dass sie mir wieder vorwirft, sie könne nicht mit mir reden und ich würde nicht zuhören.

„Du wirst mir jetzt zuhören und zwar, ohne mich zu unterbrechen!“

Das werde ich ganz sicher nicht.

„Du bist hier nicht im Kindergarten, sondern in meinem Haus!“, weise ich sie zurecht.

„In *unserem* Haus“, korrigiert sie meine Worte.

„Immerhin habe ich es nahezu allein bezahlt.“

Trotzdem steht sie gleichrangig mit im Grundbuch, was mich plötzlich ärgert. Wütend schaue ich sie an. Das scheint sie nicht zu stören, denn sie sieht mir völlig gelassen in die Augen. Angewidert drehe ich mich weg.

„Ich sehe dir an, dass du schon wieder zornig bist.“

„Zornig? Ich bin nicht zornig. Das wäre mir zu primitiv!“

Sie schüttelt den Kopf, als hätte ich etwas Dummes gesagt.

„Den Zorn hat Sandra von dir. Doch lässt sie ihn nicht an Anderen ab wie du.“

Jetzt sucht sie eindeutig Streit und tut so, als hätte sie meine Worte nicht gehört, dass ich gar nicht zornig bin. Wie ein Blitz saust etwas durch meinen Kopf, durch den ganzen Körper bis hinunter zu den Zehen. Meine Fingerspitzen pochen ebenso wie meine Schläfen. Ich brauche meine Tropfen, doch ich sehe Monika an, dass sie nicht aufstehen wird. Sie ist stur wie ein Esel.

Früher habe ich ihre Streitsucht mit Schweigen bestraft, was ich tage- und wochenlang durchhielt – bis sie endlich Ruhe gab.

„Sandra war nie in der Lage, ihren Zorn in Worte zu fassen, auch nicht in ihren Romanen. Vielleicht ist sie deshalb krank geworden.“

Jetzt redet sie Unsinn. Man wird nicht krank,

wenn man nicht spricht.

„Unterdrückter Zorn verschwindet nicht einfach, sondern wird zu einer unerledigten Sache. Er wird immer größer und entlädt sich irgendwann. Oder man wird damit nicht fertig und krank."

Davon habe ich noch nie gehört, dass man von unterdrückten Gefühlen krank wird. Organe sind Organe und Gefühle sind Gefühle. Das sind zwei verschiedene Paar Schuhe.

„Du spinnst, wenn du glaubst, Gefühle hätten solch eine Bedeutung."

Sie schaut mich derart verwundert an, als käme ich vom Mond.

„Gefühle sind die einzige, hörst du, die einzige Antriebskraft im ganzen Leben."

Wenn ich mich über diesen Irrsinn nicht so ärgern würde, würde ich jetzt lachen. Doch mir ist nicht nach Lachen zumute.

„Nichts kommt von außen. Alles kommt von innen", setzt sie leise hinzu.

Dabei weiß ich genauso gut wie sie, dass sie davon überhaupt keine Ahnung hat.

„Bist du Arzt oder was?"

Das ist keine wirkliche Frage. Damit will ich sie nur auf ihren Platz verweisen.

„Hole endlich meine Tropfen! Oder soll ich das etwa selbst machen?"

Auch das ist keine Frage. Doch zu meinem Entsetzen sagt sie völlig ruhig: „Das wäre wirklich angebracht."

Sie verweigert sich offen und erwartet ernsthaft, dass ich mich um mich selbst kümmere. Wo kommen wir hin, wenn Männer und Frauen das gleiche tun? Am Ende soll ich wie eine Frau kochen und putzen.

„Am Anfang unserer Ehe habe ich versucht, es dir recht zu machen. Doch das ist mir nie gelungen. Das hat mich ziemlich deprimiert."

Wann sollte das gewesen sein? Ich habe nichts davon bemerkt.

„Als es mir so richtig schlecht ging und mein Leben immer schlechter wurde, habe ich etwas an meinen Gefühlen geändert. Seitdem ist es besser."

Immer noch faselt sie von Gefühlen. Jeder ist für seine Gefühle selbst verantwortlich.

„Wann sollte es dir mal schlecht gegangen sein?", frage ich.

Sie schaut mich an, als ob sie überlegt, ob sie mir antworten soll oder nicht. Mir ist klar, dass ihr nichts einfallen wird, was sie mir entgegnen könnte. Doch dann sagt sie: „Ich mag deine Wutanfälle nicht."

Wer mag schon Wutanfälle? Doch ich habe keine Wutanfälle. Ich bin die Ruhe selbst und würde immer ruhig bleiben können, wenn es sie und ihre stets unpassenden Widerworte nicht gäbe.

„Du allein verursachst sie“, schreie ich sie an.
„Früher fürchtete ich deine Ausraster, deine cholerischen Anfälle, deine bedrohlichen Blicke und beleidigenden Worte. Heute weiß ich, dass sie nichts mit mir zu tun haben. Sie sind allein dein Problem.“

Unwillkürlich fasse ich mit der einen Hand an mein Herz und mit der anderen kurz darunter an die Stelle, wo die Operationsnarbe ist, die plötzlich brennt.

Endlich steht sie auf. Doch sie geht nicht zum Schrank, um meine Tropfen zu holen. Sie setzt sich aufs Sofa, nimmt ihr Buch zur Hand und beginnt zu lesen.

Sie will ganz offensichtlich nicht weiter über Sandra sprechen. Das kann mir nur recht sein. Trotzdem ist mir die Lust auf einen gemütlichen Fernsehabend vergangen und ich steige die Treppen hinauf. Wortlos. Ich will nur noch ins Bett.

*****

Mitten in der Nacht werde ich wach. Meist muss ich kurz nach drei Uhr zur Toilette. Doch jetzt ist es nicht einmal ein Uhr. Ich setze mich im Bett auf und lausche, ob mich vielleicht ein Ge-räusch geweckt haben könnte. Doch ich höre nichts. Also lege ich mich zurück auf mein Kissen und ziehe mir die Decke bis zum Hals. Die Beine können hervorschauen, doch am Hals muss ich Wärme spüren.

„Papa!"

Ganz deutlich höre ich eine meiner Töchter nach mir rufen. Und doch weiß ich, dass das nicht möglich ist. Die Mädchen sind erwachsen. Keines wohnt hier und keines ist zu Besuch. Flüchtig denke ich an Sandra, doch ich schiebe den Gedanken schnell wieder beiseite. Vermutlich habe ich nur geträumt, was ungewöhnlich ist. Wie dem auch sei, jetzt muss ich schlafen. Morgen werde ich Monika genauer befragen, wie es Sandra geht und was wir für sie tun können. Gleich morgen Früh.

„Papa, mach dir keine Sorgen! Mir geht es gut."

Ich mache mir keine Sorgen. Ich schlafe wie immer um diese Zeit. Alles hat seine Zeit. Das Schlafen und das Sorgen. Warum und worüber sollte ich mich auch sorgen?

Sandra!

Hastig setze ich mich auf und werfe die Decke beiseite. Mir ist plötzlich klar, dass es Sandras Stimme war, die soeben zu mir sprach. Klar und deutlich. Ich weiß, dass das unmöglich ist und doch war es so. Im gleichen Moment überfällt mich heftige Angst, die mir als Gänsehaut über den Körper kriecht.

Beim eiligen Aufstehen stoße ich mir die Zehen am Nachtkasten und fluche leise.

Monikas Nachtlampe leuchtet auf.

„Was ist?", fragt sie.

„Nichts. Schlaf weiter!"

Was soll ich nur tun? Sandra sagte, ihr geht es gut, ich solle mich nicht sorgen. Doch ich sorge mich. Ich glaube, die Mädchen waren selten krank. Jedenfalls musste ich mir nie wirklich Sorgen machen. Sandra ist 32 Jahre alt und sehr krank. Morgen werde ich sie im Krankenhaus besuchen. Sofort nach dem Frühstück.

Ich gehe zum Fenster und schaue mir die Wolken an, die sich langsam vor den Mond schieben. Plötzlich habe ich das Gefühl, weinen zu müssen. Ich! Niemals in meinem ganzen Leben habe ich mich so weit gehen lassen, vor Anderen in Tränen auszubrechen. Nicht einmal vor mir selbst. Ich kann mich beherrschen.

„Was ist?", fragt Monika noch einmal.

Plötzlich erfasst mich ein ungutes Gefühl, mit dem ich nichts anfangen kann. Ich laufe zu ihr und rüttle an ihrer Schulter.

„Hast du die Nummer?"

„Welche Nummer?", will sie wissen.

„Die vom Krankenhaus oder von diesem Heim."

Sie schaut mich nur irritiert an. Dass sie immer

so schwer begreift!

„Wo die Sandra ist, meine ich.“

Noch immer sitzt sie halb liegend in ihrem Bett und schaut nur.

„Beweg dich!“, möchte ich rufen, doch es kommt kein Ton aus meinem Mund.

„Mitten in der Nacht? Wie spät ist es eigentlich?“

Sie nimmt umständlich ihren Wecker zur Hand und studiert ihn.

„Ein Uhr zwölf!“, schreie ich sie an.

In diesem Moment klingelt unser Telefon. Mir werden meine Beine schwer wie Blei und ich lasse mich auf das Bett fallen, während Monika endlich aufsteht und nach unten läuft. Dann höre ich es poltern und weiß sofort, dass ihr der Hörer aus der Hand gefallen ist. Und ich weiß auch, warum: Das Krankenhaus hat angerufen und gesagt, dass unsere Sandra soeben gestorben ist.

Ich merke, wie meine Wangen nass werden und suche nach meinem Taschentuch, kann es aber nicht finden. Mit dem Ärmel wische ich übers Gesicht und die Augen. Endlich merke ich, dass ich die Schlafhose trage, die gar keine Taschen für ein Taschentuch hat. Ich überlege angestrengt, wo in diesem Haus die Taschentücher liegen, kann mich aber nicht erinnern.

*****

Morgen soll die Trauerfeier stattfinden. Die Betonung liegt bei diesem Wort auf Feier, was nun überhaupt nicht passt. Ich wäre viel lieber ganz allein auf dem Friedhof, obwohl mir natürlich klar ist, dass das nicht geht.
„Wie wird es ihr jetzt gehen?", überlegt Monika laut.
„Wen meinst du?", frage ich, obwohl mir im Moment nicht nach einer Unterhaltung zumute ist.
„Sandra. Ich rede von Sandra."
Was redet sie da? Sandra ist gestorben. Tot. Unwiederbringlich tot. Morgen wird ihre Asche in der Erde verscharrt. Ich weiß, dass das Sterben zum Leben dazugehört. Und ich weiß auch, dass man den Tod hinnehmen muss, weil man nichts dagegen tun kann. Trotzdem graut mir vor morgen. Dieser Gang hat so etwas Endgültiges.
„Sie ist tot!", erinnere ich sie grob.
Monika seufzt und lächelt dabei.
„Für mich lebt sie weiter und zwar so lange, bis ich bei ihr bin."
Jetzt ist sie komplett verrückt geworden. Vielleicht sollte ich sie jetzt in den Arm nehmen oder wenigstens etwas sagen. Normalerweise wüsste ich viel, was ich entgegnen könnte. Doch es wäre nichts Freundliches und ich fühle

mich außerstande, mit ihr über Sandra zu sprechen.

Wieder lächelt sie und schaut mich an dabei, während ihr die Tränen über die Wangen laufen.

„Anders ertrage ich es nicht."

Man kann sich vieles schönreden, doch beim Tod funktioniert das nicht. Was nützt es, sich einzubilden, dass Sandra weiterlebt und dass es eines Tages ein Wiedersehen gibt? Das bringt nichts. Man muss die Tatsachen akzeptieren.

„Mich tröstet, dass nur ihre Hülle gestorben ist, die äußere Schale. Sandras Seele ist unverletzlich und unsterblich."

So ein Quatsch! Fast hätte ich das laut gesagt, aber Monika ist in letzter Zeit so empfindlich und weint über alles, was ich sage und auch über das, was ich nicht sage.

„Niemand weiß, warum ein Mensch stirbt und ein anderer überlebt."

„Sandra war krank, unheilbar krank. Deshalb ist sie gestorben", erkläre ich, obwohl ihr das eigentlich klar sein müsste.

„Ich bevorzuge den Begriff Hinübergehen. Wir gehen hinüber in eine andere Welt und leben dort weiter. Nur unser Körper stirbt, unsere Hülle."

Niemals zuvor habe ich mir über derartigen

Unsinn Gedanken gemacht oder gar an ein Weiterleben nach dem Tod geglaubt. Wie kommt sie darauf? Hat sie sich das ausgedacht oder geht sie neuerdings in eine Kirche oder gar in eine Sekte? Es ist völlig absurd, sich zu wünschen, dass man nach dem Tod weiterlebt.

„Rede dir nicht solchen Unsinn ein!", ermahne ich sie. „Das bringt nichts."

„Das ist kein Unsinn."

Ich seufze. Es hat keinen Sinn, mit ihr darüber zu diskutieren. Diskussionen sind mir generell zuwider und ganz besonders die, die so sinnlos sind wie diese. Hoffentlich kommt sie mir jetzt nicht mit ihren vielen Erklärungen, dann gehe ich lieber gleich ins Bett.

Doch zuerst schalte ich den Fernseher an, obwohl heute ausnahmsweise kein Krimi gesendet wird. Sie nimmt mir die Fernbedienung aus der Hand und drückt die Aus-Taste. Das hat sie noch nie gemacht. Überrascht schaue ich sie an.

„Ich habe Paul Meek besucht."

„Welchen Paul? Kenne ich den?"

Sie schüttelt ihren Kopf.

„Er ist ein Medium."

Medium ist ein Sammelbegriff für Kommunikationsmittel. Außerdem mag ich mein Steak medium. Für eine Person steht Medium nicht. Das wüsste ich.

„Ein Medium kann mit der jenseitigen Welt Verbindung aufnehmen." Sie räuspert sich. „Verstehst du? Er hat Kontakt zu Engeln und Verstorbenen."

Der Kummer hat sie verrückt gemacht, sonst würde sie nicht derartigen Unsinn erzählen. Es gibt definitiv keine Engel und Verstorbene sind verstorben, unwiederbringlich tot.

„Mit Toten kann man nicht sprechen", beende ich das Thema. „Gute Nacht!"

„Warte!", bittet Monika und hält mein Handgelenk fest. „Ich erkläre es dir."

Dafür brauche ich keine Erklärung. Ich habe Verstand genug, den ich im Gegensatz zu ihr auch benutze.

„Bitte!"

Normalerweise wäre ich sehr erbost über ihre Beharrlichkeit, doch seit einigen Tagen fehlt mir die Kraft und auch der Wille, ihr den Mund zu verbieten. Ich lehne mich im Sessel zurück und signalisiere ihr somit, dass ich bleibe, obwohl ich keine Lust habe, mir diesen Irrsinn von Engeln anzuhören.

„Paul Meek sagt, der Himmel ist nur einen Schritt entfernt, das ewige Leben ist gewiss."

Ich seufze und frage genervt: „Und wie kommt er darauf? Und vor allem: Wie will er das beweisen?"

„Er erzählte bei diesem medialen Abend aus

seinem Leben, damit jeder versteht, wie und
warum er ein Medium wurde."

Ich fasse mir an den Kopf und winke mit der
Hand ab.

„Es waren etwa dreihundert Leute im Saal, als
er eine Dame ansprach. Er sagte, es habe sich
ein Mann gemeldet, etwas größer und jünger
als er selbst, der seinen Kopf hielt und dann
nach oben zeigte. Die Frau fing an zu weinen
und sagte, dass ihr Mann vor zwei Jahren vom
Dach gestürzt sei."

Überrascht schaue ich sie an, doch das Ganze
kann abgesprochen sein.

„Nein!", widerspricht Monika. „Er überbrachte
Botschaften für etwa zwanzig Leute. Ich habe
genau gefühlt, dass diese Kontakte tatsächlich
echt waren."

Wieder geht es um Gefühle. Diesem Mann ist
offenbar nicht klar, welche Hoffnungen er in
Monika und all den anderen Besuchern geweckt hat. Es sind falsche Hoffnungen. Doch
ich sage nichts dazu. Sie muss selbst wissen,
was sie glaubt und was nicht.

Beim Aufstehen aus dem Sessel schaue ich sie
nicht an und brumme: „Ich gehe jetzt schlafen.
Und du solltest das auch."

Eigentlich gehe ich nicht mehr so früh ins Bett,
weil ich seit einiger Zeit schlecht einschlafen

kann. Meist drehe ich mich lange auf dem Kissen hin und her, ohne wirklich Ruhe zu finden. Und wenn ich schließlich doch schlafe, träume ich derart wirres Zeug, dass ich davon wach werde. Meist fühle ich mich in die Vergangenheit zurückversetzt, in Situationen, die ich längst vergessen glaubte. Oft träume ich von fürchterlichen Auseinandersetzungen mit Leuten, die überhaupt nicht mehr am Leben sind. Nur von Sandra träume ich nicht. Am Morgen bin ich meist wie gerädert. Alles tut mir weh, es sticht in der Brust und meine Narbe brennt.

Im Internet habe ich gelesen, dass es gut ist, dass meine Milz nicht ganz entfernt werden musste. Sonst hätte ich jetzt ein ziemlich großes Problem wegen der Gefahr, mich mit Bakterien zu infizieren. Das Risiko für einen Herzinfarkt oder einen Schlaganfall ist trotzdem erhöht.

„Unsere Sandra ist jung gestorben. Dadurch bleibt sie ewig jung, während ich und alle anderen jedes Jahr älter werden", sagt sie leise.

Soll das ein Trost sein?

„Ich will jedenfalls noch nicht sterben, nicht in den nächsten zehn bis fünfzehn Jahren", sage ich.

Monika zuckt nur mit der Schulter. Dann greift

sie nach ihrem Buch, schlägt es aber nicht auf. Vermutlich will sie noch weiter diskutieren. Doch ich mag dieses Thema nicht. Also erhebe ich mich und steige die Treppe hinauf.

Ich gehe nicht erst ins Bad und entkleide mich nicht, sondern lege mich gleich so wie ich bin ins Bett, das Monika noch nicht aufgedeckt hat. Aber das ist mir heute gleichgültig.

Trauerfeier

Julie steht mit ihren Kinder vor der Tür. Sie fährt mit uns zum Friedhof. Die drei Jungs tragen schwarze Jeans und dunkle Pullis, Emelie ein schwarzes Kleidchen. Mir wird klar, dass sie die Kinder mit zum Friedhof nehmen will. Das geht auf gar keinen Fall!

„Deine Kinder bleiben im Haus!", befehle ich und schaue Julie streng an. „Sie haben auf einer Beerdigung nichts zu suchen!"

Kinder stören. Sie sind laut und benehmen sich falsch.

„Sie werden sich von Sandra verabschieden, weil es sich so gehört und weil sie es so wollen."

Es interessiert nicht, was Kinder wollen. Sie haben zu tun, was ihnen die Erwachsenen sagen. Aber heute macht wohl jeder, was er für richtig hält. Keiner hält sich an Regeln und Vorschriften. Das gab es zu meiner Zeit nicht.

Die beiden Großen ignorieren meinen Befehl. Sie drehen sie wortlos um und gehen zum Auto, wo ihnen Monika die Tür öffnet. Paul schaut mich etwas unsicher an und dann seine Mutter. Julie legt ihm die Hand auf die Schulter, nickt ihm zu und sagt: „Geh nur!"

Habe ich nichts mehr zu sagen? Nicht einmal in meinem eigenen Haus? Doch irgendwie fehlt mir die Kraft, mich durchzusetzen. Ich bin nicht einmal wirklich verärgert und schaue mich nach Emelie um.

Sie sitzt in der Stube auf dem Teppich und puhlt mit dem Finger in den Schlaufen.

„Ist sie krank?"

Julie zuckt mit der Schulter.

„Müde und lustlos, irgendwie apathisch. Eigentlich verhält sie sich so seltsam, seit sie in den Kindergarten geht."

„Gefällt es ihr dort nicht?"

Das spielt zwar keine Rolle, doch es interessiert mich plötzlich. Vorsichtig, als wäre sie zerbrechlich, nehme ich sie auf den Arm. Sie ist leicht wie eine Feder. Ihr Kopf fällt gegen meine Schulter und ich empfinde auf einmal großes Mitgefühl für dieses winzige Wesen, das mir offenbar vertraut. Ich habe das dringende Bedürfnis, es zu beschützen und trage es behutsam hinaus zu den Anderen.

In meinem Auto sitzt ein Mann, den ich nicht kenne, am Steuer. Hinter ihm erkenne ich Nadine. Sie zeigt mit dem Kopf nach hinten. Dort steht ein Taxi, aus dem mir einer der Jungen zuwinkt. Offenbar soll ich mich zu ihm setzen. Suchend schaue ich mich um, wo die Anderen geblieben sind, sehe aber niemanden. Der Taxifahrer steigt aus und öffnet die hintere Tür. Der Junge rutscht zur Seite, so dass ich mich mit Emelie auf dem Arm vorsichtig hinein-setzen kann. Der Mann will etwas sagen, lässt es aber bleiben. Er steigt ein, startet den Motor und fährt meinem Wagen hinterher.

Zum Friedhof.

Meine Brust schmerzt und ich habe das Gefühl, dass sie jeden Moment platzen wird. Doch ich muss mich beherrschen, denn ich habe für die kleine Emelie die Verantwortung.

*****

Dunkel erinnere ich mich an Musik, die ich vorher noch nie gehört hatte. Wie im Nebel nehme ich unzählig viele Leute wahr, die ich nicht kenne. Im Grunde ist es mir völlig gleichgültig.

Ich halte die ganze Zeit über Emelie auf meinem Arm, während sie ihren Kopf an meine

Schulter lehnt und mich ihre Locken immer wieder an Hals und Wangen kitzeln.

Als wir später im Gasthof sitzen, merke ich, dass mich plötzlich die Leute anschauen, als erwarten sie etwas von mir. Monika legt ihre Hand auf meine und fragt: „Willst du nichts sagen?"
Was soll ich denn sagen? Und warum? Es gibt nichts zu sagen. Es ist wie es ist, aber es ist nicht gut so. Ich habe das Gefühl, ich halte nicht die kleine Emelie, sondern sie hält mich. Ich brauche sie als Stütze. So muss ich niemandem die Hand schütteln und keinem in die Augen schauen. Ich habe mit mir und Emelie genug zu tun.
Ich höre, wie Stühle rücken und das Gemurmel um mich herum verstummt. Endlich lässt man mich in Ruhe!. Aus den Augenwinkeln sehe ich, wie Julie aufsteht und irgendetwas redet. Ihre Stimme klingt wie weit entfernt und schallt leise zweifach nach. Ich verstehe den Sinn der Worte nicht, deute nur einzelne Silben zu Schwester, Sandra, Krankheit, Trauer und Tod. Mir wird übel. Ich muss hier raus!
Emelie fängt an zu weinen. Ich drücke sie stärker an mich, stehe auf und gehe mit ihr hinaus. Hinaus an die frische Luft. Ich brauche Luft zum Atmen, sonst ersticke ich. Draußen

wird Emelie sofort ruhiger. Ich ebenfalls. Wir gehen ein paar Schritte hin und her, obwohl es leicht regnet. An solch einem Tag ist es gut, wenn es regnet. Nicht auszudenken, wenn die Sonne schiene und Kinder fröhlich kreischend vorbeirennen. Ich schaue nach oben in den grauen Himmel und lasse den Regen über mein Gesicht laufen, bis er im Nacken unter den Hemdkragen kriecht.

Die Kleine wird mir langsam zu schwer. Sie hängt wie ein Sack auf mir und stößt mit dem Knie gegen meine Narbe am Bauch. Doch sobald ich sie absetze, weint sie. Es ist ohnehin zu kalt hier draußen. Ich zerre mein Jackett zur Seite, so dass ich damit den kleinen Körper ein wenig schützen kann. Nach ein paar Schritten drehe ich um und gehe zurück zum Gasthaus.

Von drinnen schallt mir Gelächter entgegen. Lachen! Selten finde ich passende Anlässe zum Lachen, der heutige zählt definitiv nicht dazu. Ich habe keine Lust, mich wieder an den Tisch zwischen diese unangenehm vielen Menschen zu setzen, die ganz offensichtlich vergnügt sind. Ich taste in der Jacke nach dem Autoschlüssel und atme erleichtert auf, als ich ihn endlich in der Hosentasche finde. Ich werde einfach mit Emelie zum Haus fahren. Die Kleine braucht offenbar Ruhe.

Eilig drehe ich mich um, gehe hastig auf die Ausgangstür zu und hoffe, dass keiner meine Flucht bemerkt. Prüfend schaue ich kurz zurück und hätte dabei fast ein kleines Mädchen umgeworfen. Es hat dunkle Haut und schwarze Locken, hält ihre Hände hinter dem Rücken versteckt und schaut mich erwartungsvoll an. Wem gehört dieses fremde Kind? Ich kenne es nicht.

„Uma!", höre ich eine Frauenstimme rufen. „Uma!"

Im gleichen Moment steht die Frau neben mir, greift den Arm der Kleinen und zieht sie zu sich heran.

„Ich habe dir gesagt, dass du nicht weglaufen darfst!", tadelt sie streng.

Sofort versteckt sich das Mädchen in den weiten Rockfalten des Kleides. Solch ein auffälliges Kleid habe ich bisher noch nie gesehen. Es ist erdfarben und rundherum voller großer schwarzer Kreise, dazwischen grüne Blätter. Vom gleichen Grün trägt die Frau ein Tuch um den Kopf geschlungen wie einen Turban, dessen Enden lose über die linke Schulter fallen. Irritiert und gleichzeitig fasziniert von diesem exotischen Aufzug starre ich die Frau an. Sie hat leuchtend orangefarbene Haare, die wild nach allen Seiten abstehen.

Erst jetzt bemerke ich das Baby, das sie im Arm

hält. Es ist ein rabenschwarzes Negerkind mit noch schwärzerem Kraushaar und trägt nur ein weißes Jäckchen und eine Windel, keine Hose und keine Strümpfe. Es betrachtet seine Finger, die mit einer Kette aus großen schwarzen Steinen spielen. Diese Kette hängt am Hals der Frau bis hinunter auf den Bauch, an den Ohren baumeln die gleichen schwarzen Steine.

Ich betrachte den auffälligen Schmuck, das Kleid, den Turban und denke, dass dieses Kostüm besser zum Fasching passt als zu einer Trauerfeier. Möglicherweise ist diese seltsame Person eine Freundin von Sandra. Ich kenne sie jedenfalls nicht.

Wieder bleibt mein Blick an dem schwarzen Baby hängen.

„Er heißt Kofi, weil er an einem Freitag geboren ist", sagt die Frau.

Ich nicke, doch ich verstehe gar nichts.

Sie zieht das Mädchen aus ihren Rockfalten hervor und erklärt: „Und das ist Uma, meine Große."

Wieder nicke ich und weiß nicht, warum sie mir das alles erzählt. Etwas irritiert drehe ich mich zur Seite, damit Emelie über meine Schulter schauen und die beiden kleinen Kinder sehen kann. Doch sie kann nichts sehen, weil sie ihr Gesicht fest gegen meine Schulter drückt. Ich merke wieder, wie schwer sie auf einmal ist und stelle sie auf den Boden. Sofort fängt sie an zu weinen.

„Was hat denn die Kleine, Papa?", fragt die Frau.

Papa? Ich muss nachdenken und kann nicht glauben, was mir plötzlich klar wird.

„Bist du etwa …?"

„Klar bin ich die Sonja! Siehst du das nicht?"

Sonja

Meine Tochter Sonja. Das schwarze Schaf der Familie. Monika mag es nicht, wenn ich sie so bezeichne - und doch ist es so. Sie hat mir eigentlich nur Kummer bereitet. Schon als kleines Kind. Ständig kam sie mit einer neuen Idee. Mal wollte sie ins Ballett, mal wollte sie ein Instrument spielen lernen, dann wieder Handball. Einmal verfiel sie sogar auf die Idee, Boxen zu trainieren. Alles hat sie nur angefangen, nichts zum Ende gebracht. Im Keller stehen heute noch ihre Drehscheiben und der ganze Kram, als sie eine Keramikwerkstatt eröffnen wollte. Wollte! Es ist nie dazu gekommen.

Nach dem Abitur schrieb sie sich zu einem Studium für Eventmanagement ein. In der gleichen Hochschule wechselte sie zum Musikmanagement. Mit diesen neuen Berufen komme ich nicht zurecht. Ich fragte sie, was sie später damit anfangen kann, was genau ihre Arbeit wäre. Sie wollte Künstler vermitteln, Veranstaltungen organisieren. Mir war das alles zu windig. Mitten im Studium verschwand sie für ein Jahr nach Irland, um vor Ort Volkskunst zu studieren. Als sie irgendwann mit Betriebswirtschaft anfing, beruhigte ich mich, denn das klang solide und hat Zukunft.

Inzwischen waren sechs Jahre vergangen, in denen sie vier grundverschiedene Sachen begonnen, aber keine einzige zu Ende gebracht hatte. Das wunderte mich nicht, denn sie vermittelte nicht den Eindruck, dass sie ernsthaft studiert. Sie feierte. Sie feierte nicht nur an den Wochenenden, sondern eigentlich immer.

Schon als Kind schlug sie über die Stränge. Während ihre drei Schwestern niemals mehr als vier Freundinnen zum Geburtstag einluden, holte Sonja mehr als zwanzig Mädchen und Jungen ins Haus. Das war mir entschieden zu viel. Als sie sogar Alkohol ausschenkte, verlangte ich, dass sie anderswo feiert. Am Ende hätte sie noch Drogen ins Haus geschleppt. Monika bildete sich ein, dass sie das hätte verhindern können. Sie wollte sie in ihrer Nähe wissen. Ich nicht.

Meiner Meinung nach hatte Sonja nie enge

Freunde, denn sie war ständig von einer wechselnden Truppe seltsam bunter Vögel umgeben.

Ihre beiden älteren Schwestern waren längst verheiratet und hatten Kinder. Als dann auch Sandra auszog und für sich selbst sorgen konnte, stellte ich Sonja ein Ultimatum. Ich forderte ihre feste Zusage, in spätestens zwei Jahren einen beruflichen Abschluss vorzuweisen mit Aussicht auf einen ordentlichen Job. Sie lachte mich nur frech aus und fragte, was ich unter einem ordentlichen Job verstünde. Etwa so einen Posten wie ich einen hätte, der nur dazu da wäre, normalen Leuten Schwierigkeiten zu machen. Da wies ich ihr die Tür und sagte, sie sollte sich erst wieder blicken lassen, wenn sie ein Diplom oder wenigstens einen Berufsabschluss in der Tasche hätte. Sie packte sofort ihre Sachen und lachte dabei.

Monika lachte nicht. Sie sprach eine ganze Woche lang nicht mit mir. Das war mir nur recht. Im Haus zog jedenfalls endlich Ruhe ein.

*****

Zu ihrem 30. Geburtstag lud uns Sonja in ein indisches Lokal ein und verkündete, dies sei ihr Abschiedsessen, weil sie in wenigen Tagen nach Indien auswandert. Ausgerechnet Indien, das so ziemlich schmutzigste Land der Welt mit einem schwierigen Kastensystem und vielen Traditionen. Individualität, die Sonja immer so überaus wichtig war, kann sie dort vergessen.

„Was willst du dort?", fragte ich.

„Leben!", antwortete sie frech.

„Das kannst du hier besser als anderswo", gab ich zurück. „In der Fremde bist du entwurzelt."

„Ich brauche keine Wurzeln, ich will einfach nur frei sein. Mir ist hier alles zu spießig, zu geregelt."

Das machte mich sofort wütend. Was glaubt sie, wer sie ist?

„Früher zu DDR-Zeiten war alles geregelt. Wenn du nach vier Jahren dein Diplom nicht geschafft hättest, wäre dir eine Arbeitsstelle zugewiesen worden. Du hättest nicht wie heutzutage jahrelang herumgammeln können!"

Das musste endlich mal gesagt werden.

Sonja kniff die Augen zusammen und musterte mich ungeniert.

„Du durftest zu deiner Zeit also nicht selbst entscheiden und findest das auch noch gut?"

Zu meiner Zeit? Das klang, als wäre meine Zeit längst vorüber.

Bevor ich sie deutlicher zurechtweisen konnte, legte mir Monika ihre Hand auf den Arm. Das sollte mich beruhigen, regte mich aber zusätzlich auf. Außerdem wollte ich mich nicht beruhigen. Ich wollte wissen, ob sie sich in Indien überhaupt auskennt.

„Natürlich nicht!", brauste Sonja auf. „Wir waren immer nur auf diesem blöden Zeltplatz an der Ostsee und hatten keinen blassen Schimmer von der Welt."

„Und jetzt willst du die Welt ausgerechnet in Indien kennenlernen", stellte ich fest und musste direkt lachen dabei.

„Lach nicht so gehässig!", ermahnte mich Monika und erkundigte sich ängstlich: „Was willst du dort machen? Hast du eine Arbeit, eine Bleibe?"

Ihre besorgte Stimme machte mich noch wütender. Sonja war inzwischen dreißig Jahre alt, also erwachsen, zu alt für einen Studienabschluss und zu alt, um eine Familie zu gründen. Wenn sie nicht weiß, was sie tut, ist es allein ihr Problem.

Sonja kramte in ihrer Tasche und holte einen Zettel hervor.

„Das ist meine Eintrittskarte, eine Bestätigung meines künftigen Arbeitgebers in Goa."

Erleichtert lehnte sich Monika zurück.

Doch mich konnte sie mit solch einer halben Information nicht täuschen. Ich brauchte Details über diese Firma und ihre Arbeit.

„Ich pflücke Gewürze auf einer Bio-Plantage."

Sofort schoss mir das Blut in den Kopf. Nach zehn Studienjahren auf vier verschiedenen Hochschulen arbeitet sie wie jeder Dahergelaufene auf dem Feld?

„Hättest du dich für Landwirtschaft interessiert, hättest du Agrarwissenschaft studiert!"

In meinem Zorn fiel mir noch viel mehr ein, was ich ihr gern an den Kopf geworfen hätte. Doch es würde nichts nützen, denn Sonja machte immer, was sie wollte und niemals war es eine kluge Entscheidung.

„Und wer zahlt den Umzug?", schrie ich sie an und erntete dafür einen bösen Blick von Monika.

„Du denkst immer nur an Geld", tadelte sie mich.

„Ich brauche dein Geld nicht", gab Sonja hochmütig zurück. „Alles, was ich brauche, ist in mir und kann nicht von außen kommen."

So einen Blödsinn hatte ich im ganzen Leben noch nicht gehört.

„Was hast du schon in dir? Nichts! Nur Flausen! Unsinnige Träumereien!", rief ich wutentbrannt.

Dann bin ich aufgestanden und gegangen.

Für mich hatte sich damals das Thema erledigt und ich wollte nichts mehr von Sonja hören. Monika durfte nicht einmal mehr ihren Namen erwähnen. Wozu auch? Ich hätte ihr ohnehin nie helfen können, wenn sie Hilfe gebraucht hätte. Indien ist wohl an die siebentausend Kilometer von Deutschland entfernt, also nahezu unerreichbar.

*****

Und jetzt steht sie vor mir in einer afrikanischen Maskerade und tut so, als wäre alles ganz normal: ihr Erscheinen, ihre Kleidung und ihre zwei fremdartigen Kinder.

„Weiß Mutter davon?", frage ich und zeige auf die Kinder.

Sonja zuckt mit der Schulter. Heißt das nun Ja oder Nein? Am Ende ist das wieder so ein Weiberkomplott. Alle wissen Bescheid, nur mich, das Familienoberhaupt, lassen sie im Unklaren.

„Hast du überhaupt einen Mann?"

„Mann? Wieso?"

Ich zeige auf die beiden Kinder, verkneife mir aber eine Bemerkung über ihr fremdländisches Aussehen.

„Wozu sollte mir ein Mann nützen? Ich sorge für mich selbst."

Das wäre mir neu, dass sie für sich selbst sorgen kann und vor allem mit zwei so kleinen Kindern.

Als sie noch bei uns im Haus lebte, wollte sie

nur feiern, feiern und nochmals feiern. Für ihr Studium hatte sie weder Zeit noch Interesse. Sie sagte, sie denke gar nicht daran, in einer Firma zu arbeiten und den schnöden Mammon zu unterstützen.

Damals kannte ich nur eine Bedeutung für den Begriff Mammon. Es ist das, worauf man vertraut. Ich vertraute ihrer Ausbildung nicht.

Im Internet fand ich später zwei ganz andere Bedeutungen für den *schnöden Mammon*. Mammon ist ein unredlich erworbener Gewinn oder unmoralisch eingesetzter Reichtum. Bevor ich mich darüber aufregen konnte, las ich, dass man heute abwertend das Geld im Allgemeinen meint.

Das wird Sonja gemeint haben, obwohl sie bisher ganz gut von meinem Geld lebte. Doch dass sie Geld nicht wertschätzt, habe ich schon früh bemerkt. Sie sparte ihr Taschengeld nicht, sondern gab es sofort am ersten Tag aus – komplett. Mit solch einer Einstellung kommt man nicht weit. Bei mir schon gar nicht.

Monika behauptete, ich hätte alle unsere Kinder aus dem Haus getrieben und damit so viel Schuld auf mich geladen, dass ich sie im ganzen Leben nicht abtragen könnte.

Ich sehe das anders. Kinder erzieht man für die Welt. Das sollte sie als Erzieherin eigentlich wissen. Nicht nur Kinder müssen sich von ihren

Eltern trennen, sondern diese auch von ihren Kindern. In unserem Fall ganz besonders Monika, die klammert, als wären ihre Töchter ihr Eigentum.

Jedenfalls sprach sie nach Sonjas Auszug lange Zeit nicht mehr mit mir. Mir war das ganz recht. Monika wartete viele Monate jeden Tag auf ein Zeichen von Sonja, auf einen Brief oder einen Anruf. Doch es kam nichts. Gar nichts. Auch das war mir recht, denn so konnten wir endlich zur Ruhe kommen und unser Leben leben, wie es sich für Leute mit erwachsenen Töchtern gehört.

Erst etwa ein Jahr später erfuhr sie, Sonja lebe in einem Aschram. Das sei eine Art Kloster, wo man meditiert und nach einer bestimmten spirituellen Lehre lebt. Sie habe dort einen Guru, der ihr Lehrer sei, und einen neuen Namen. Ajala.

Ein Leben im Kloster passt meiner Meinung nach nicht zu Sonja. Ich habe auch nicht verstanden, weshalb so einfach ihren Namen wechseln kann.

*****

„Ich nenne mich jetzt Ajala. Könntest du das bitte respektieren und künftig diesen Namen benutzen?“

Ich denke gar nicht daran! Monika hat ihr den Namen Sonja gegeben und dabei bleibt es. Und genau das sage ich ihr und zwar so deutlich, dass sie es versteht.

Sie lächelt und wiegt dabei ihr Kind hin und her, während das größere Mädchen an Emelies Kleid zerrt. Die beiden könnten etwa gleichalt sein, doch bei Ausländern lässt sich das Alter immer schwer schätzen.

„Nenne mich, wie du willst! Ich bin, wer ich bin. Der Name spielt dabei keine Rolle.“

„Und warum hast du ihn dann geändert, wenn er keine Rolle spielt?“

Wieder lächelt sie. Nicht nur mit dem Mund. In ihren Augen blitzt es, als ob diese lachen. Ich will sie jetzt nicht fragen, ob sie noch in Indien lebt oder gar in Afrika. So sieht jedenfalls ihr Aufputz aus, als käme sie direkt von dort. Und der Säugling auf ihrem Arm sowieso.

„Ich will nach Hause. Emelie muss ins Bett“, sage ich, obwohl ich ihr keine Rechenschaft schuldig bin.

Sie nickt und kündigt ihr Kommen für den Abend an.

Auch das noch!

*****

Ich lege Emelie aufs Sofa und lasse die Tür

zum Arbeitszimmer offen.

Aus Zorn auf meine seltsame Tochter Sonja gebe ich im Computer ihren neuen Namen Ajala ein. Ich finde heraus, dass es ein indischer Vorname ist und Erde bedeutet. Weiß sie das? Kein Mensch will Erde heißen oder so gerufen werden. Nur Sonja. Dabei bedeutet Sonja Weisheit, die Gebildete. Ist Sonja gebildet? Ich weiß es nicht. Ich glaube nicht, dass sie irgendeinen Studienabschluss geschafft hat, schon gar nicht in Indien oder Afrika.

Doch wovon lebt sie? Zur Arbeit kann sie mit zwei so kleinen Kindern nicht gehen.

Auch diese Frage beantwortet mir das Internet, als ich *Alleinstehende mit zwei Kindern* eingebe. Mit Kindergeld könnte sie gut 1.500 Euro jeden Monat bekommen, dazu die Kosten für die Wohnung samt Heizung, obendrein die Erstausstattung der Möbel und für das Baby. Das ist nicht viel, doch so mancher voll berufstätige Familienvater bringt kaum mehr Geld nach Hause und muss die Kosten für Wohnung und Möbel selbst aufbringen.

Vielleicht wohnt sie gar nicht in Deutschland. Vielleicht lebt sie in Afrika. Dorthin muss sie schließlich von Indien aus gegangen sein, wenn sie ein schwarzes Kind hat. Wie hieß der Kleine? Soweit ich mich erinnere, war es irgend etwas mit Freitag. Freitag und Robinson. Viel-

leicht heißt der Vater des Jungen Robinson wie in diesem Film und lebt auf einer Insel. Monika erzählte mir damals, dass es ein berühmtes Buch darüber gibt. Doch ich lese keine Bücher, schon gar nicht solche, die Monika gefallen.
An den fremdländischen Namen des kleinen Mädchens erinnere ich mich nicht. Wenigstens versteht sie Deutsch, was schließlich ihre Muttersprache ist.

Emelie jammert. Sofort gehe ich zu ihr hinüber. Doch sie schläft und hat wohl nur geträumt. Besorgt breite ich eine Decke über ihren winzigen, viel zu dünnen Körper aus und streiche ihr vorsichtig über den Kopf. Sie öffnet kurz die Augen und lächelt. Sofort wird mir warm ums Herz. Das Mädchen mochte ich vom ersten Augenblick an. Vielleicht deshalb, weil sie mir auf den Schoß kroch, obwohl ich sie wegschob und anbrubbelte. Sie ist ein furchtloses kleines Wesen. Doch kommt sie mir nicht mehr so fröhlich vor wie am Anfang. Vielleicht vermisst sie Griechenland, wo sie geboren ist und wo es wärmer ist und sie mehr Freunde hatte als hier.
Ich setze mich wieder an meinen Schreibtisch, weiß aber nicht, was ich machen soll.
Ich gebe Emelie ein und lese, dass der Name die Eifrige bedeutet, auch Nachahmerin und Sanfte. Das finde ich seltsam, weil es drei

Gegensätze sind. Man kann eifrig etwas nach-
ahmen, doch nicht gleichzeitig sanft sein. Das
beweist, dass die Bedeutung der Namen eher
an den Haaren herbeigezogen ist.
Etwas missmutig tippe ich Julie, den Namen
ihrer Mutter. Julie soll die Fröhliche, die
Hübsche bedeuten. Das passt - zumindest, was
das Fröhliche betrifft, denn Julie hat immer
übertrieben gute Laune. Ob sie hübsch ist,
kann ich nicht beurteilen. Sie ist groß, kräftig
und blond, während die anderen Mädchen wie
Monika eher klein und dunkelhaarig sind. Auf
das Aussehen achte ich nicht weiter, schon
früher war es mir eher gleichgültig. Nur die
kleine Emelie finde ich recht ansprechend mit
ihren blonden Locken und blauen Augen.

Emelie schläft noch immer, als Monika sie
später auf den Arm nimmt und sagt: „Ich bringe
sie nach Hause. Julie kommt zu uns, wenn die
Jungs im Bett liegen und Ruhe geben."

Familientreffen

Am Abend ist Nadine die Erste, die zur Tür
herein kommt. Sie umarmt mich zurückhaltend
und entfernt dabei einen Fussel von meiner
schwarzen Weste, die ich seit dem Morgen

über einem weißen Hemd trage. Nur den schwarzen Binder und das Jackett habe ich abgelegt.

„Mädchen! Du hast ja noch dein schwarzes Trauerkleid an!", ruft Monika aus.

Auf mich wirkt Nadine direkt gespenstisch, so dünn wie sie ist und mit den dunklen Augenringen, dazu die schwarzen Haare, die ihr lose ins Gesicht hängen. Sie sagt nichts dazu, setzt sich in die Sofaecke und kaut an ihren Fingernägeln.

Julie erscheint recht salopp in Jeans und blauem Schlabberpulli wie aus einem Altkleiderladen.

„Die Jungs wollten nicht schlafen, hatten noch viel zu erzählen und zu fragen."

Das kann ich mir gut vorstellen. Warum nimmt sie auch Kinder mit zu einer Beerdigung?

„Und Emelie?", fragt Monika, bevor ich es aussprechen kann.

„Meine Freundin ist bei ihr."

Aus ihrer viel zu kurzen Antwort, die eigentlich gar keine Antwort ist, entnehme ich, dass es Emelie nicht gut geht. Die Kleine war schon am Morgen erschöpft und schlief den ganzen Nachmittag auf dem Sofa. Ihr war der Tag entschieden zu anstrengend. Sie hätte besser daheim bei der Freundin bleiben sollen, weil eine Trauerfeier für ein Kind noch schwerer zu verkraften ist als für Erwachsene.

Nadine war feinfühliger und hat ihre Tochter nicht mitgeschleppt. Jedenfalls ist mir das Mädchen nicht aufgefallen.

Sonjas Kinder haben mit Beerdigungen sicher kein Problem, obwohl sie noch so klein sind. Soweit ich weiß, werden in Indien und Afrika die Leichen einfach öffentlich vor aller Augen verbrannt. Das sehen auch die Kinder und können damit von klein auf umgehen.

Wir warten recht lange auf Sonja. Endlich kommt sie. Sie setzt sich nicht einfach zu uns, sondern bleibt mehrere Sekunden im Türrahmen stehen, so dass jeder ihre neue Kostümierung betrachten kann: eine weite, grün gemusterte Pluderhose, die eher in ein Harem passt als hier in die Stadt, dazu Sandalen, eine Art Unterhemd und die gleiche schwarze Kette und Ohrringe wie am Vormittag. Was will sie uns mit ihrem Kostüm beweisen? Wir wissen auch ohne ihren seltsamen Aufzug, dass sie einen Vogel hat. Hinzu kommen die schreiend orange gefärbten Haare. Sie will etwas darstellen, was sie gar nicht ist. Wer nicht einmal zu sich selbst stehen kann, der taugt auch nicht für andere.

„Was soll dieser bunte Aufzug?“, fahre ich sie an.

„Ist das der neuste Trend?", fragt Monika interessiert.

„Trend? Mode interessiert mich nicht. Ich habe
meinen eigenen Geschmack."

„Hast du nicht!", widerspreche ich. „Mit deiner
bunten Kluft willst du auffallen, dein Anderssein
herausstellen und dich trotzdem dem indischen
oder afrikanischen Stil anpassen."

„Mir gefällt das einfach", antwortet Sonja, lacht
und wirft dabei ihren Kopf nach hinten.

„Was gefällt dir? Das Auffallen oder der fremd-
ländische Aufzug?"

„Beides."

„Lass das Mädchen in Ruhe!", bittet mich
Monika.

Sie zeigt auf einen freien Platz auf dem Sofa.
Doch Sonja setzt sich nicht. Sie schaut sich
prüfend in der Stube um, als wolle sie die Ein-
richtung bewerten.

„Wo hast du all deine Bücher?", fragt sie und
schaut ihre Mutter dabei an.

Bücher gehören nicht in die gute Stube. Auch in
meinem Arbeitszimmer haben sie nichts verloren.

Monika zeigt mit der Hand Richtung Hausflur.

„Einige stehen unter der Treppe, die meisten in
Kisten im Keller, einige in deinem Kinderzimmer.

Sofort dreht sich Sonja um, läuft zurück in den

Flur und inspiziert die Regale, die sich unter der Treppe befinden.

„Ich finde keinen einzigen deiner Lieblingstitel", kritisiert sie.

„Die habe ich neben deinem Bett stehen. Dort lese ich am liebsten."

Das sagt sie so, als müsse sie sich dafür rechtfertigen, dass sie Sonjas Zimmer benutzt.

„Schließlich warst du seit Jahren nicht mehr hier und keiner wusste, ob du jemals wieder auftauchst", sage ich vorwurfsvoll.

„Wovon redest du?", fragt Sonja verwundert.

Wenn sie das nicht von allein weiß, kann ich ihr auch nicht helfen. Also zucke ich nur wortlos mit der Schulter.

Jetzt reden sie über Bücher. Ich mag keine Bücher, jedenfalls keinen Weiberkram wie Romane. Aber Monika und Sonja hatten immer irgendein Buch in der Hand und erzählten sich gegenseitig die Geschichten. Mir fällt ein, dass Sonja schon als kleines Mädchen von fremden Ländern plapperte und unbedingt durch die Welt reisen wollte. Die Ostsee war ihr nicht weit genug entfernt, sie wollte nach Asien oder Afrika. Das hatte ich im Laufe der Jahre ganz vergessen.

Julie wühlt in unserer Musiksammlung.

„Nichts Klassisches!", bittet Nadine. „Da muss

ich immer weinen."

Sie weint auch ohne klassische Musik. Mit modernen Schlagern können wir nicht dienen, nicht einmal mit einem Lied von Udo Jürgens. Auch nicht mit Hard Rock, wonach vermutlich Julie sucht.

„Was ist das?"

Sie wedelt mit ihrer Hand, in der sie eine CD hält. Ich kann aus der Entfernung den Namen der Gruppe nicht erkennen, sehe aber Monika lächeln.

„Cranberries. Die mag ich gern, habe sie allerdings schon lange nicht mehr gehört."

Ich weiß im ersten Moment nicht, was das für eine Musik ist. Doch als gleich zu Anfang dieses „Duderab" erklingt. erkenne ich die traurige Melodie von „When you´re gone". Ich bin nicht melancholisch und schon gar nicht sentimental veranlagt, doch mir zieht es unangenehm kratzend im Hals und ich gehe in mein Arbeitszimmer, um in Ruhe eine Zigarette zu rauchen. Als ich zurückkomme, läuft „Ode to my family" und ich sehe, dass Nadine hemmungslos weint.

„Mach das aus!", schreie ich Julie an. „Sofort!"

Erschrocken springt sie auf und drückt auf den Aus-Knopf. Doch sie protestiert.

„Ohne Musik finde ich es unerträglich."

„Papa hat Recht", stellt Sonja fest. „Trauriges

zieht uns noch mehr runter und Fröhliches passt nicht."

Nadine kommt mir auf einmal alt und verbraucht vor, obwohl sie mit ihren vierzig Jahren noch recht jung ist. Vor allem um den Mund zeigen sich tiefe Falten, wodurch sie verkniffen wirkt.

„Lehrer ist ein blöder Beruf", sagt sie mit weinerlicher Stimme. „Man hat immer Kinder um sich, die nie älter als zehn Jahre sind. Das ist so, als ob die Zeit für sie nicht vergeht, aber für mich davonrast. Ihr Leben hat noch gar nicht richtig begonnen, während meines bereits vor vielen Jahren vorbei war."

Um ihren Mund zuckt es. Sie wird also gleich wieder in Tränen ausbrechen.

*****

Monika stellt einen Teller mit Schnittchen auf den Couchtisch und holt Wein aus dem Keller. Sonja will lieber Tee, weil sie angeblich keinen Alkohol trinkt. Das wundert mich, denn in ihrer Jugend trank sie regelmäßig und manchmal so viel, dass sie auf allen Vieren die Treppen hinauf kroch. Ich habe kein Verständnis für Leute, die sich derart gehenlassen.

Nadine zieht eines der Schnittchen unten heraus und balanciert es mit ausgestreckten

Fingern zwischen beiden Händen. Das sieht albern aus. Sonja begutachtet den Teller von allen Seiten und kreist mit dem ausgestreckten Zeigefinger wie ein Propeller darüber hinweg, ehe sie endlich zugreift. Julie packt wahllos das erstbeste Teil, stopft es komplett in den Mund und spült mit einem großen Schluck Wein nach. Sie frisst wie ein Schwein. Doch Monika schaut den Mädchen zufrieden wie eine Katze zu und freut sich sichtlich, dass es ihnen schmeckt. Ich habe keinen Appetit.

Zum Glück sind die Mädchen ohne ihre vielen Kinder hier.

Trotzdem frage ich: „Wo sind deine Kinder?", und schaue Sonja dabei an.

„Bei einer Freundin."

Ich frage mich, seit wann Sonja so enge Freunde in der Stadt hat, bei denen sie mitsamt ihren Kindern übernachten kann.

„Aber Mädchen! Dein Zimmer gehört immer noch dir. Auch für deine Kinder ist genug Platz im Haus."

Erschrocken schaue ich auf. Das fehlt mir noch! Gerade erst ist Julie mit ihren vier Kindern ausgezogen und so langsam kehrt wieder Ruhe ein, obwohl Emelie fast täglich bei uns ist.

„Willst du etwa hier einziehen?"

„Das wäre überhaupt das Beste!", jubelt Monika und klatscht begeistert in die Hände.

Doch Sonja schüttelt ihren Kopf.

„Warum denn nicht?", hakt Monika nach.

Sonja lacht, zeigt auf mich und ruft: „Deshalb!"

Immer schieben sie mir die Schuld in die Schuhe. Dabei sind die Mädchen erwachsen und für sich selbst verantwortlich. Erst recht für ihre Kinder. Es ist nicht mein Problem, dass alle drei Kinder haben, aber keinen Mann. Ich habe als Vater meine Pflicht und Schuldigkeit getan. Punkt.

Auf einmal wird mir klar, wie verschieden meine Töchter sind. Mir fällt auf, dass sie sogar verschieden sprechen, was mich an Insekten denken lässt. Nadines Stimme ist hoch und nervig wie das Sirren einer Mücke, bei Julie flattern die Worte wie Schmetterlinge unruhig und lebhaft durch den Raum. Sonja summt wie das Brummen einer Hummel, das manchmal bedrohlich anschwillt. Und Monika? Ihre Stimme erinnert mich an einen Hund. Ich mag keine Hunde. Ich mag nicht, wenn sie knurren oder fiepen, jaulen oder gar bellen. Nichts davon will ich hören. Sie weiß das sehr genau und redet trotzdem. Am liebsten ausgerechnet dann, wenn ich meine Ruhe brauche und ihr Gezeter nicht ertrage.

Und Sandra? Was hatte Sandra für eine Stimme? Ich glaube, sie sprach eher langsam als schnell, bedächtig, als suche sie nach dem passenden Wort.

Ich merke wieder diesen Kloß im Hals, der mich seit Tagen immer wieder quält. Ich muss mich räuspern, husten, ihn loswerden, bevor ich an ihm ersticke.

Monika betrachtet die Mädchen, eines nach dem anderen und wieder zurück, als ob sie sie vergleicht oder sich die Gesichter einprägen will.

„Wie lange ist es eigentlich her, als wir zum letzten Mal alle zusammen hier im Haus saßen?", fragt sie und schaut wieder der Reihe nach ihre Töchter an.

Ich denke nach, doch mir fällt kein Anlass ein, an dem wir zum letzten Mal beisammen waren. Vielleicht zu Nadines Hochzeit, die vor mehr als fünfzehn Jahren war. Seit der Geburt ihrer Tochter besucht sie uns selten; meist nur, um die Kleine abzugeben oder abzuholen.

Vor fünf Jahren ging Julie nach Griechenland.

Und Sonja? War sie vor Julie nach Indien ausgewandert oder erst nach ihr? Ich weiß es nicht mehr.

„Ich wünsche mir von ganzem Herzen, dass wir bald alle hier an diesem Tisch sitzen, ihr drei und alle eure Kinder. Am besten gleich morgen." Leise fügt Monika hinzu: „Das Leben ist so kurz und kann plötzlich vorüber sein."

Damit meint sie Sandra, was Nadine sofort wieder zum Weinen bringt. Julie nimmt sie in den Arm.
Doch Nadine schiebt ihre Schwester beiseite und schluchzt: „Ich bin schrecklich unglücklich."
„Ich weiß", sagt Julie mitfühlend.
„Eigentlich war ich mein ganzes Leben lang unglücklich."
Wie ich Nadine kenne, macht sie gleich Andere für ihr Unglück verantwortlich: wir, ihr geschiedener Mann, ihre Kollegen, das Arbeitsklima, die Umwelt, die Politik und sogar der gesamte Staat.
„Das glaube ich dir nicht!", antwortet Julie sanft.
„Und doch ist es so. Ich weiß, dass ich sterben werde. Und zwar genau dann, wenn ich endlich glücklich bin."
„Rede nicht so!", schimpft Sonja.
„Aber was hast du? Was ist mit dir?", will Julie wissen.
Nadine hält sich beide Hände vors Gesicht und schluchzt heftiger. Dann murmelt sie so leise, dass ich sie kaum verstehe: „Ich ertrinke. Jede Nacht ertrinke ich. Immer scheint die Sonne. Immer ist das Wasser klar. Ich kann den Boden sehen. Doch dann versinke ich tief und immer tiefer und alles wird schwarz um mich herum.

Dann werde ich schreiend wach."

„Dein Kind. Du trauerst noch immer um deinen ertrunkenen Sohn", stellt Julie fest und schlingt erneut die Arme um ihre Schwester.

Meiner Meinung nach sollte sie nach so vielen Jahren längst darüber hinweg sein. Außerdem wäre der Junge inzwischen erwachsen und aus dem Haus.

„Du musst endlich deinen Jungen loslassen", sagt Monika sanft. „Du bist nicht schuld an seinem Tod. Es war ein schrecklicher Unfall, ein tragisches Unglück."

Das sehe ich anders. Sie hätte es verhindern können, wenn sie besser aufgepasst hätte. Aber das hat sie nicht. Und jetzt nervt sie uns mit ihrem Katzenjammer. Die ganze Zeit über sagt sie kein Wort, kaut auf ihren Fingernägeln und schaut wie ein gehetztes Tier umher, als ob ihr von irgendwem Gefahr drohe und plötzlich reißt sie das Gespräch an sich.

„Du willst dich nur wichtig machen!", tadle ich sie und ernte einen strafenden Blick von Monika.

In meinem Haus kann ich immer noch sagen, was ich will.

„Niemand kann die Uhr zurückdrehen. In Indien und Afrika sterben so viele Kinder. Ihre Mütter müssen zusehen, wie sie verhungern und an Krankheiten zugrunde gehen."

„Wir sind aber nicht in Indien!", schreit Nadine Sonja an.

„Das stimmt. Deshalb geht es dir um so vieles besser. Du allein hast die Verantwortung für dein Leben und dafür, was du daraus machst."

Ich verdrehe genervt die Augen über derart platte Sprüche, noch dazu von einer, die offenbar selbst nicht zurecht kommt trotz ihrer schlauen Weisheiten. Sie soll sich hier nicht so aufspielen nach all den Jahren, in denen sie sich nicht einmal meldete und endlich erklären, warum sie so plötzlich verschwand.

„Warum in aller Welt hast du dein Studium abgebrochen?", frage ich streng. „Alles fängst du an! Nichts bringst du zu Ende!"

Völlig unbeeindruckt von meinem Zorn zündet sie sich eine Zigarette an und erntet dafür *keinen* strafenden Blick ihrer Mutter.

„Ich sah einfach keinen Sinn darin, mir den Käse, den sie in der Uni erzählen, weiter anzuhören."

Sie lächelt mich an, als hätte sie etwas Freundliches gesagt. Dabei ist es mehr als nur anmaßend, die Lehrsätze ihrer Dozenten als Käse zu bezeichnen. Sie weiß schon alles besser, bevor sie überhaupt etwas begriffen hat.

„Kennst du den Spruch von Nietzsche?", fragt sie etwas herablassend.

„Welchen Spruch?“

„Lieber ein Narr sein auf eigene Faust, als ein Weiser nach fremden Gutdünken.“

Da hat sie etwas gefunden, womit sie ihre Faulheit begründen kann. Es bringt nichts, ihr darauf zu antworten. Bei ihr sind Hopfen und Malz verloren.

Versöhnlicher ergänzt sie: „Warum sollte ich etwas, das mir keine Freude macht, weitermachen?“

„Weil man im Leben durchhalten muss. Das ist es, worauf es ankommt“, erkläre ich wütend.

Jetzt ist ihr Blick kühl, direkt abweisend, als sie antwortet: „Das ist mir zu wenig.“

„Aber Gewürze in Indien zu pflücken ist dir nicht zu wenig!“, entgegne ich und merke, wie mir das Blut in den Kopf schießt.

Sie lehnt sich zurück, schlägt die Beine übereinander und raucht. Monika springt auf, geht ohne zu fragen in mein Arbeitszimmer und holt einen Aschenbecher.

„Musst du ihr Laster und ihre Faulheit noch unterstützen?“, fahre ich sie an.

Sie dreht sich zu mir um und zupft an ihrer Nase. Dann zeigt sie auf mich und zupft wieder. Schnell schaue ich zurück zu Sonja.

„Du solltest uns wirklich erklären, wieso du so plötzlich abgehauen bist“, verlangt Julie.

„Meinst du mich?", fragt Sonja belustigt. „Was sollte ich hier? Nadine ist in ihr Unglück abgetaucht und du in deine Familie, mit der *du* dann ganz plötzlich verschwunden bist. Und Sandra?" Sie fährt sich durch die Haare und schiebt dabei das Tuch, das um ihre Stirn geschlungen ist, beiseite. „Ach, lassen wir das. Keine von euch hat sich für mich interessiert. Keine! So sieht es aus!"

Nadine kaut auf ihren Nägeln und wendet ihren Kopf demonstrativ zur Seite, Julie scheint betroffen, zuckt aber nur mit den Achseln und Monika weint. Den Abend hatte ich mir anders vorgestellt.

„Hol mal einen Schnaps!", bitte ich Monika.

Doch dann stehe ich selbst auf und suche nach der richtigen Flasche. Ganz vorn stehen immer die Sorten, die nichts taugen und mir nicht schmecken, meist irgendwelche Mitbringsel zu Geburtstagen oder Weihnachten. Die sind für die Besucher. Meine guten Flaschen stehen weit dahinter versteckt. Ich schiebe die vorderen Flaschen beiseite, um an den Obstler zu gelangen. Mit der anderen Hand ergreife ich einen Kräuterlikör.

Julie hat inzwischen Gläser auf den Tisch gestellt. Die guten Gläser und ich wundere mich, dass Monika nicht protestiert. Sie wählt einen Kräuter, Nadine und Julie möchten wie ich einen Obstler.

Ich schaue Sonja fragend an und wackle mit der Flasche Obstler, doch sie schüttelt den Kopf.

„Ich trinke seit Jahren keinen Alkohol."

Das glaube ich ihr nicht.

„Warum?", fragt Julie.

„Alkohol ist Nervengift."

Ich glaube eher, dass es in Indien weder Wein noch Schnaps zu kaufen gibt, vermutlich nicht einmal Bier.

„Du vergisst das Wohlbefinden", sagt Julie leise. „Das Wohlbefinden gleicht das Gift wieder aus."

„Das funktioniert allerdings nur, wenn man sich nicht unkontrolliert zudröhnt", ergänze ich und drohe ihr mit dem Zeigefinger.

„Typisch!", faucht Sonja. „Ständig musst du mahnen, korrigieren und tadeln. Ich glaube, du freust dich überhaupt nie."

„Das Leben ist nicht zum Freuen da!"

„Wozu dann?"

Darauf antworte ich nicht, zumal sie sicher ohnehin keine Antwort erwartet. Außerdem ist es sinnlos, alles aufzuzählen, was im Leben wichtig ist wie Verantwortung, Loyalität, Zuverlässigkeit, Pünktlichkeit und nicht zuletzt Fleiß. Keine dieser Eigenschaften traue ich ihr zu, auch den anderen beiden nicht.

Jeder hängt schweigend seinen Gedanken nach. Es ist so still, dass das Ticken der Wanduhr zu hören ist. Monika hält die Stille nicht mehr aus und bittet Sonja, aus ihrem Leben zu erzählen.
Immer, wenn sich Sonja konzentriert, verengen sich ihre Augen zu zwei Schlitzen. Sie sieht dann aus wie eine Katze kurz vor dem Sprung auf eine Maus.
„Auf der Biofarm war ich nicht lange. Freunde nahmen mich mit in die Stadt und zwar in ein Tagesheim für Slumkinder. Dort bekommen die Kinder zu essen, zu trinken, zum Teil sogar Kleidung und können spielen und sich waschen.“
Sie redet und redet, doch eigentlich sagt sie gar nichts. Zumindest nicht über sich. Jeder weiß, dass es in Indien viel Schmutz und Armut gibt. Doch keiner von uns weiß, was genau sie dort wollte und gemacht hat. Will sie uns weismachen, sie sei so ein Gutmensch, der sich selbstlos um arme Kinder kümmert? Ich will diesen Plattheiten nicht länger zuhören. Ich will wissen, wovon sie lebt.
„Hast du endlich einen Abschluss?“, frage ich und schaue sie streng an.
„Abschluss?“

Das ist eine einfache Frage, doch sie stellt sich dumm. Also wird sie keinen haben.

Trotzdem erkläre ich: „Einen Beruf, eine abgeschlossene Ausbildung."

Überrascht, doch vollkommen ruhig schaut sie mich an und schüttelt ihren Kopf. Das bedeutet, dass sie nichts gelernt hat. Das macht mich sofort wütend.

„Wovon lebst du? Von Hartz4?"

„Wie kommst du darauf?"

Es klingt belustigt, was mich noch wütender macht. Wie kann man derart selbstverständlich von Geldern fremder Leute leben? Nichts anderes bedeutet das. Sie nassauert sich durch, hat einen miesen Charakter. Daran ist allein ihre Mutter schuld, die zwar Kindergärtnerin gelernt hat und trotzdem ihre eigenen Kinder nicht ordentlich erziehen konnte.

„Du hast gesagt, dass du keinen Mann hast. Aber du hast zwei Kinder, die versorgt werden müssen", erkläre ich. „Das Geld dafür muss ja wohl irgendwo herkommen."

„Geld und Status ist offenbar alles, was dich interessiert", stellt Sonja fest und schaut mich von oben herab an. „Du hast das Leben nicht begriffen."

„Aber du?", schreie ich sie aufgebracht an. „Du kennst dich aus mit dem Leben, lässt dir aber Negerkinder andrehen!"

„Karl-Günter, jetzt gehst du zu weit!"

Monika wirft mir einen drohenden Blick zu und danach einen besorgten auf Sonja. Vermutlich glaubt sie, dass das Mädchen einfach wieder verschwindet, wenn ich die Wahrheit ausspreche. Mir gefällt es nicht, wenn Kinder ihren Vater zurechtweisen.

Doch Sonja ist nicht beleidigt. Sie lacht. Sie lacht laut und direkt vergnügt, als ginge sie der ganze Streit überhaupt nichts an. Dabei hat sie ihn verursacht.

„Mich interessiert vor allem, wie du zu deinen zwei süßen Kindern gekommen bist", lenkt Julie ab.

„Das interessiert mich ebenfalls", stimmt Monika zu. „Ich wusste nicht einmal, dass du schwanger warst."

„Und das in solch einem Land wie Indien!", ergänze ich kopfschüttelnd. „Das ist verantwortungslos."

Wieder lacht Sonja und schüttelt ihren Kopf.

„Du hättest es uns sagen müssen!"

Auch Monikas Stimme klingt vorwurfsvoll.

„Müssen? Ich bin euch keine Rechenschaft schuldig. Ich mache alles mit mir selbst aus. Ich vertraue Anderen nicht."

„Du vertraust nicht einmal deiner Schwester?", ruft Julie entsetzt aus.

„Und deiner Mutter?"

Sonja schaut mich an. Es ist ein halb amüsierter und halb prüfender Blick. Damit will sie mir zeigen, dass sie mir nicht vertraut. Ich vertraue ihr auch nicht. Mit einem Kind hätte sie mir erst recht nicht kommen können, schon gar nicht von einem Schwarzen. Kulturen zu vermischen funktioniert einfach nicht. Die Ansichten und Erfahrungen sind zu verschieden, meist direkt gegensätzlich. Es reicht für ein exotisches Abenteuer, doch nicht für die Dauer.

Amüsiert schaut Sonja in die Runde. Nimmt sie uns nicht ernst? Oder hat sie ihren Spaß daran, uns hinzuhalten. Vielleicht will sie uns nicht Rede und Antwort stehen.

„Antworte!", befehle ich.

Sonja lächelt, schaut mich aufreizend langsam an, als verstünde sie das Wort nicht und fragt schließlich: „Worauf? Worauf soll ich antworten?"

„Stell dich nicht dümmer als du bist!", schreie ich.

„Bitte! Bitte, Karli!", flüstert Monika.

Julie kichert. Da haben wir´s! Meine Frau macht mich vor den Kindern lächerlich. Am besten, ich gehe ins Bett und überlasse die Weiber ihrem Geschwätz. Doch Julie hat einen Obstler nachgeschenkt und reicht mir mein Glas.

„Ihr glaubt ernsthaft, ich setze Kinder in diese miese Welt?“

„Aber nichts ist schöner als Kinder!“, ruft Julie aus.

„Das stimmt“, gibt ihr Sonja recht. „Doch es gibt schon genug Kinder, vor allem solche, die kein Zuhause, aber viel Kummer und Elend haben. Viel zu viele. Wozu also noch welche produzieren?“

Direkt provokativ schaut sie sich um.

„Produzieren?“ Entsetzt hält sich Monika die Hand vor den Mund. „Wie du redest!“

Angewidert gießt sich Julie Schnaps nach und kippt ihn mit einem einzigen Schluck hinunter.

„Also gut.“ Sonja verschränkt die Arme und lehnt sich bequem zurück. „Ich konnte euch nichts von einer Schwangerschaft erzählen, weil ich nie schwanger war.“

Triumphierend schaut sie in die Runde und erfreut sich sichtlich an unseren verblüfften Gesichtern.

„Aber … sind das nicht deine Kinder?“

„Natürlich sind das meine Kinder“, antwortet Sonja entrüstet.

„Aber …“

„Nix aber. Ich habe sie adoptiert, alle beide.“

„Geht das so einfach?“, will Nadine wissen.

Sie hat sich bisher überhaupt nicht am Gespräch beteiligt.

Sonja zuckt mit der Schulter und lächelt verschmitzt.

„Naja, ganz koscher war das nicht."

„Wie meinst du das?", fragen die drei Frauen wie aus einem Munde.

„Da war so ein junger Schweizer, ein Arzt, der sich eine Zeitlang um die Slumkinder in dem Tagesheim kümmerte, in dem ich arbeitete. Dann musste er weg."

Sie redet und redet und erzählt von diesem Mann und diesem Heim, aber nicht, wann und warum und auf welchem Weg sie die beiden Kinder adoptierte.

„Es war ein Heim für Kinder unter sieben Jahren, dann wurden sie einfach weggeschickt, zurück auf die Straße, was mir jedes Mal fast das Herz brach."

Die Frauen schauen betroffen. Für sie klingt ein gebrochenes Herz mitfühlend. Ich kann mir darunter nichts vorstellen und brumme ungeduldig: „Kannst du endlich mal zur Sache kommen?"

„Meine kleine Uma war wie alle Kinder stark unterernährt und viel zu schwach zum Laufen, obwohl sie schon zwei Jahre alt war. Ihre ältere Schwester trug sie jeden Morgen mit in die Tagesstätte. Als diese sieben Jahre alt war und nicht mehr versorgt werden durfte, brachte sie Uma trotzdem zu uns, doch sie holte sie nicht mehr ab."

Betreten und schockiert schauen wir uns an.

„Die armen Kinder!", ruft Monika entsetzt aus.

Doch Sonja lächelt. Es ist ein mildes, fast über-
hebliches Lächeln.

„Die Kinder sind arm, das ist wahr. Doch sie
empfinden es nicht so, weil sie es nicht anders
kennen. *Wir* sind es, die ihnen unser Mitgefühl
überstülpen und Dinge tun, die wir für gut
halten und die den Kindern gar nicht so wichtig
sind."

Keiner von uns weiß darauf etwas zu sagen.
Ich werde später darüber nachdenken und
einige Artikel dazu lesen, denn so richtig verstanden habe ich Sonjas Erklärung nicht. Nach
einer Pause erzählt sie weiter:

„Uma saß den ganzen Tag nur teilnahmslos in
einer Ecke. Sie spielte nie mit den anderen
Kindern und zuckte zusammen, wenn sich ihr
jemand näherte. Sie hatte wie die meisten
Kinder Tuberkulose."

„Ist Tuberkulose nicht ansteckend?", frage ich.

Sonja nickt.

„Ich habe bis zum späten Abend auf Umas
Schwester gewartet, doch sie kam nicht.
Einfach auf die Straße konnte ich die Kleine
nicht setzen. Ich nahm sie deshalb mit in meine
Kammer." Sie lächelt, als sie weiterspricht. „So
wie sich Uma vorher an ihre Schwester klam-

merte, klammerte sie sich nun an mich. Wie ein kleines Äffchen."

Lachend springt Sonja auf und zeigt auf ihre Hose, das Hemd, ihre Haare und Arme, damit wir sehen, wo sich das Kind überall an ihr festhielt.

„Und deshalb hast du sie adoptiert", stellt Julie fest.

Wieder nickt Sonja.

„Doch nicht gleich. Nach einem halben Jahr tauchte dieser junge Arzt wieder auf. Er hatte ein Neugeborenes dabei, dessen Eltern gerade an AIDS verstorben waren. In Gambia ..."

„Gambia? Wieso denn Gambia?"

„Dort stammt der Kleine her. Ich nannte ihn Kofi, weil er an einem Freitag zu uns kam."

Mir hatte sie erzählt, er sei an einem Freitag geboren. Man kann eben nicht alles glauben, was Frauen so erzählen.

Nun breitet sie sich über die Probleme in Afrika aus, als wäre sie auf Werbetour und sammle Spendengelder. Aids sei in Afrika weit verbreitet, viele Neugeborene würden sterben, auch junge Mädchen an den Folgen ihrer Beschneidungen und anderen Verstümmelungen. An allem Elend sei die Armut schuld. Das mag sein, doch man kann nicht die ganze Welt retten. Doch offenbar wollte Sonja wenigstens diese beiden Kinder retten. Klar ist, dass beide

krank und unterernährt waren und keine leib-
lichen Eltern mehr haben.

„Lange Rede, kurzer Sinn: Ich heiratete den
Schweizer Arzt. Dann ging alles sehr schnell.“

„Was ging schnell?“, fragt Nadine, die offenbar
etwas langsam begreift.

„Die Adoption, du Schaf! Ich habe meinen
Mann nicht gefragt, welche Kontakte er nutzte,
damit wir in Indien schnell heiraten und die
Kinder adoptieren konnten. Das ist auch nicht
wichtig. Jetzt sind es jedenfalls unsere Kinder
mit amtlichen Papieren.“

„Liebst du ihn?“, will Monika wissen.

Sonja lächelt und schüttelt schließlich den Kopf.

„Liebe zu den Menschen ist wichtig, aber nicht
zu einem einzigen Menschen, sondern zu allen,
vor allem zu den benachteiligten.“

Man kann nicht alle Menschen lieben, auch
Sonja nicht. Ihren Mann sollte sie lieben, doch
ihn hat sie nur geheiratet, um die beiden Kinder
adoptieren und mit nach Deutschland nehmen
zu können.

„Mein Mann interessiert sich überhaupt nicht für
mich. Er hat nur seine Projekte im Kopf. Das
imponiert mir.“

„Was denn für Projekte?“, will Julie wissen.

„Ärzte ohne Grenzen. Dafür war er in Indien,
Gambia und sogar auf den Philippinen.“ Sie
schaut an die Decke, als überlege sie, was sie

preisgeben soll und was nicht. „Momentan plant er, in der Schweiz Kinderhospize zu gründen, weil es dort offenbar kaum welche gibt. Dafür setzt er sich sehr ein."

Mir wird das jetzt alles zu viel. Zuerst die Geschichte mit den Slumkindern in Indien, dann die AIDS-Kranken in Gambia, die seltsame Adoption, Ärzte ohne Grenzen und nun noch Sterbehäuser für Kinder.
Von Hospizen allein für Kinder habe ich noch nie gehört. Sonja sagt, in Deutschland gäbe es an die zwanzig, in der Schweiz kein einziges. Die Kinder würden dort nur ambulant versorgt.
„Er hat wohl mächtig Kohle?", fragt Julie.
Sonja zuckt mit der Schulter und sagt: „Mir egal."
Sie lügt. Ganz sicher lügt sie, denn ein Leben in der Schweiz an der Seite eines Arztes ist sicher recht angenehm.
„Er hält Vorträge in der Schweiz und in ganz Europa, um Spenden für diese Hospize zu sammeln."
„Und du? Was ist deine Aufgabe, Sonja?", fragt Julie.
Sonja schaut ihre Schwester missbilligend an.
„Ajala. Ich heiße Ajala."
„Ich bin deine Schwester und habe schon immer Sonja zu dir gesagt", beklagt sich Nadi-

ne mit weinerlicher Stimme.

„Tu ihr doch den Gefallen!", bittet Monika.

„Wozu? Warum sollte ich? Und warum will sie plötzlich einen anderen Namen?"

„Weil ich es so will!", erklärt Sonja. „Ajala bedeutet Erde."

Julie kichert und wiederholt abschätzig: „Erde. Wie exotisch!"

„Ich bin bodenständig und stehe mit beiden Beinen auf der Erde, im Leben, geerdet sozusagen. Deshalb mag ich diesen Namen lieber als Sonja, die Träumerin bedeutet oder die Weisheit."

Natürlich, besonders weise war es nicht, jegliche Bildung abzulehnen. So gesehen passt ihr indischer Erd-Name besser.

„Bildung ist nicht alles im Leben, wenn schon, kommt es mir auf die Herzensbildung an."

Sie hält es für Herzensbildung, wenn sie zwei Kinder aus der dritten Welt adoptiert. Aber sie war herzlos genug, sich nach ihrer Abreise nach Indien ewig nicht bei ihrer Mutter zu melden.

„Ich lebe erst seit zwei Monaten am Bodensee und muss übermorgen abreisen. Mein Mann wartet auf mich. Ich helfe ihm bei seinen Projekten, indem ich seine Korrespondenz führe und Veranstaltungen für seine Vorträge organisiere. Ansonsten sorge ich für unsere

Kinder. Ich hoffe, sie leben sich gut ein und fühlen sich hier wohl." Sie spielt nachdenklich mit ihren Haaren. „Eines Tages werden sie in ihre Heimatländer zurückkehren, um dort zu helfen, das Leben für ihre Landsleute besser zu machen."

Auch das noch! Das ist mir jetzt zu viel Tobak.

„Spenden zu sammeln ist schön und gut. Doch wovon lebt ihr wirklich?"

„Mein Mann ist ein gefragter Chirurg. Er arbeitet an drei Tagen pro Woche in einer Privatklinik."

„Cool!", ruft Julie aus. „In der restlichen Zeit schippert ihr in seiner Yacht über den Bodensee."

„Du spinnst!", zischt Sonja ihre Schwester an. „An der restlichen Tagen und meist auch an den Wochenenden ist er für sein Projekt unterwegs."

„Jedenfalls ließe ich mir dein Leben gefallen."

„Sie hat doch zwei kleine Kinder zu versorgen", erklärt Monika.

Sonja lächelt und sagt: „Ich sitze nicht nur daheim herum, sondern arbeite an bestimmten Tagen ebenfalls in dieser Klinik."

„Bist du Ärztin?", fragt Nadine und schaut ihre Schwester bewundernd an.

Sie ist dumm. Dazu gehört ein langjähriges Studium, was Sonja nie im Leben gemacht haben kann.

„Nein, ich biete Ayurveda-Massagen an."

„Ajur...was?", fragen Julie und ich wie aus einem Munde.

„Ayurveda. Das ist ganzheitliche Heilkunst."

Kunst. Derartige Künste kenne ich. Alles Scharlatanerie!

„Man behandelt auf natürliche Weise mit Kräutern und Massagen."

„Hubatz! Diesen Hokuspokus wirst du bleiben lassen!", bestimme ich.

Sonja schaut mich verblüfft an.

„Ich habe in Indien viele Lehrgänge besucht und werde später eine eigene Heil-Praxis führen. Dafür muss ich einmal im Jahr für drei Wochen nach Indien zur Weiterbildung."

Sie muss verrückt sein.

„In der Zeit kannst du die Kinder gern zu mir bringen", bietet Monika an, ohne mich zu fragen. „Oder ich hüte sie in deiner Wohnung. Dann können sie in ihrer gewohnten Umgebung bleiben."

Will sie den Irrsinn ihrer Tochter unterstützen? Ohne mich! Sonja umarmt ihre Mutter und bedankt sich überschwänglich.

„Bis dahin gebe ich an zwei Abenden in der Woche Yoga-Kurse", erzählt sie weiter.

Joga. Noch so ein fremdländischer Unsinn.

„Ah! Asiatische Gymnastik. Das ist jetzt voll *in*", verkündet Julie begeistert.

Doch Sonja schüttelt den Kopf.

„Nein, mit Yoga lernst du, im Einklang mit dir selbst zu leben."

Ich seufze. Jeder Mensch lebt im Einklang mit sich selbst. Oder sollte es zumindest, sonst wäre das Leben gar nicht auszuhalten.

„Mit dieser Lebensphilosophie lebt man bewusster und vor allem gesünder."

„Wie du das alles so schaffst", sagt Nadine bewundernd.

„Das kannst du auch", antwortet Sonja etwas altklug. „Du bist zwar die Älteste von uns Schwestern und doch bist du jung. Das heißt: Du hast Zeit."

„Wofür?"

„Für alles, was du willst."

Nadine schüttelt den Kopf und sagt traurig: „Das glaube ich nicht, weil ich es nicht fühle. Ich kann nur glauben, was ich auch fühle."

Wieder dieses Gedöns um Gefühle. Jeder hat seine Aufgabe und muss tun, was er tun muss. Das Gefühl spielt dabei keine Rolle, doch ihr steht es offenbar im Weg bei allem, was sie tut. Sie steht sich selbst im Weg.

„Die Zeit vergeht so schnell. Und doch ändert sich nichts", ergänzt Nadine.

Julie gießt Wein nach.

„Sollten wir nicht lieber über Sandra reden?",

fragt Nadine leise und fängt wieder an zu weinen. „Schließlich war heute ihre Trauerfeier." Nach diesen Worten schluchzt sie hemmungslos.

Mir wird plötzlich klar, dass wir nicht hier beisammensitzen würden, wäre Sandra nicht gestorben. Das ist irgendwie makaber. Doch es ist der Lauf der Dinge.

Sonja lacht und ich frage mich, ob sie noch normal im Kopf ist, wenn sie beim Wort Trauerfeier zu kichern anfängt.

„Was war das für ein komischer Kauz, der so ewig irrsinniges Zeug laberte?"

„Du meinst den Kantor?", fragt Nadine.

Sonja zuckt mit der Schulter. Ich kann mir nicht erklären, was ein Kantor bei uns verloren hat. Keiner aus unserer Familie geht in die Kirche. Glaube ich zumindest.

„Der hat sich selbst eingeladen", erklärt Monika. „Keiner kannte diesen Mann, der plötzlich mitten im Raum stand und verkündete, dass er in der Kirche die Orgel spiele. Dabei zeigte er auf das Klavier, das in der Ecke der Gaststube stand und fragte, ob wir ein *paar Takte* hören wollen. Jeder glaubte, er wolle auf dem Klavier spielen."

„Und?", frage ich interessiert.

Wieder lacht Sonja und Julie stimmt kichernd ein.

„Er wollte keine Takte *spielen*, sondern reden. Seine gesamte Lebensgeschichte breitete er vor uns aus. Dass er aus Schwaben stamme, dass er gern Urlaub an der Ostsee mache, wie er seine neue Wohnung einrichten wird und und und."

„Und das habt ihr euch angehört?"

„Anfangs hörten alle höflich zu, aber der Kerl hörte und hörte nicht auf zu labern. Wenn er wenigstens Sandra gekannt und etwas über sie gesprochen hätte!" Sonja dreht sich zu mir um, macht ein bedeutungsschweres Gesicht, kann aber ihr Lachen nicht unterdrücken. Prustend und immer wieder stockend berichtet sie schließlich: „Julie nahm ihre Jungs an die Hände und bildete mit ihnen einen Kreis um den Mann. Dann sangen sie einen Kinderreim, etwa so." Sie guckt Julie an und beide trällern lachend los: „Riraruscht, wir fahren mit der Kutsch.*"*

„Und der Mann?", frage ich.

„Der schaute erst ziemlich dumm aus der Wäsche. Aber weil die Leute lachten und klatschten, verbeugte er sich einfach und ging."

„Und ward nicht mehr gesehen", ergänzt Sonja.

„Aber die Stimmung war dahin", beklagt sich Nadine.

„Auf einer Trauerfeier soll man auch lachen, sich an den Verstorbenen erinnern", sagt

Monika. „Wisst ihr noch, dass Sandra bei jedem Film weinte?", fragt sie und lächelt dabei.

„Wirklich?" Überrascht und zweifelnd schaut Julie ihre Mutter an. „Nein, das hätte ich gemerkt."

„Immer, wenn eine Geschichte gut ausging, weinte sie. Das war ihr peinlich und du hast sie damit aufgezogen."

„Wirklich?", fragt Julie noch einmal.

Monika nickt.

„Sandra hing an dir wie eine Klette. Mir wäre das zu eng gewesen", erklärt Sonja.

Jede erinnert sich an eine lustige Begebenheit, meist aus Sandras Schulzeit. Schließlich war sie unser jüngstes Kind. Ich überlege, ob ich auch etwas beitragen kann, aber mir fällt nichts ein. Also höre ich nur zu.

Ich denke nicht über die Vergangenheit nach. Wozu sollte das gut sein? Ich denke auch nicht an die Zukunft. Sie kommt früh genug von ganz allein.

Monika holt die Fotos von der Anrichte und stellt sie auf den Couchtisch. Sofort fängt Nadine wieder an zu weinen.

„Alles ist gut", behauptet Sonja.

Ich finde diese Bemerkung völlig unpassend, denn nichts ist gut. Findet sie es gut, dass Sandra gestorben ist und vorher so schrecklich leiden musste? Verärgert schaue ich sie an und wünsche mir, dass sie bald geht. Zu ihren fremdländischen Kindern.

Doch sie fragt, ob sie noch einen Tee haben kann. Also bleibt sie wohl länger hier sitzen. Ich seufze und wundere mich, dass ich überhaupt nicht müde bin. Normalerweise gehe ich jeden Abend pünktlich 21:20 Uhr ins Bett. Doch heute fühle ich mich wie aufgedreht, sogar unruhig.

„Alles ist gut so wie es ist. Du kannst nichts mehr ändern."

Das weiß ich selbst, dass ich nichts mehr ändern kann, doch ich finde es nicht gut.

„Ich habe lange genug in Indien gelebt und mich mit dem Glauben beschäftigt."

Genervt schaue ich hinüber zu Monika. Sollen wir uns jetzt einen Vortrag über indischen Glauben anhören? Dazu habe ich keine Nerven. Außerdem habe ich in meinem ganzen Leben nicht an Gott geglaubt, wobei die Christen mit einem Gott genug haben. In Indien soll es unzählige Götter geben, auch kriegerische und solche mit mehreren Köpfen.

„Ich will nichts über deine Götter hören! Ein für alle Mal: Ich glaube nicht an Gott!"

Sonja lächelt und legt ihre Handflächen aneinander, bevor sie antwortet: „Gott ist das Urlicht, aus dem wir stammen und zu dem wir zurückkehren. Er hat nichts mit dem von Menschen erschaffenem Gott der Religionen zu tun."

Urlicht. Was versteht sie unter Urlicht? Mir klingt das viel zu geschraubt, direkt unnatürlich.

„Ich halte nichts von Religionen. Von keiner", verkünde ich.

„Ich rede auch nicht von Religionen." Sie schaut mich an, als wäre ich ein wenig dumm und begreife nicht, wovon sie redet. „Der Fromme folgt den Lehren und Verboten seiner Kirche, ich folge nur meiner Seele."

Sie folgt also nur ihrer Seele. Für mich ist das kompletter Unsinn. Ein vernünftiger Mensch folgt seinem Hirn, falls er eines hat.

Es grummelt leise, ein Gewitter zieht auf und ich sehe die ersten Blitze aufleuchten. Monika geht ans Fenster und zieht sämtliche Vorhänge zu, als könne sie damit das Unwetter abwenden.

„Ich bin froh, dass es mit Sandra keinen Streit gab", sagt sie wie zu sich selbst.

Überrascht und zugleich erwartungsvoll schauen wir alle Monika an. Sogar Nadine hört auf, an ihren Nägeln zu kauen.

„Ohne eine Versöhnung hätte ich nicht weiterleben können."

Dabei wischt sie verstohlen über ihre Augen. Jetzt übertreibt sie – wie immer. Streit hatte ich mit Sandra auch nicht. Sie war alt genug und musste selber wissen, was sie tat.

Mir fällt auf, dass ich ab jetzt über alles, was Sandra betrifft, in der Vergangenheit denken muss. Das schockt mich auf einmal. Alles ist vergangen, sie ist vergangen. Sie tat immer so, als wüsste sie ganz genau, was zu tun ist. Doch mir hat nie gefallen, was sie tat. Das wusste sie. Doch gestritten haben wir nicht darüber, schon gar nicht über ihre seltsame Neigung zu einer Frau, die zudem keine Frau mehr sein will. Jedenfalls braucht es auch für mich keine Versöhnung.

Simon

„Wir hätten Simon einladen sollen. Er gehört quasi zur Familie."

„Das fehlte noch!", platze ich heraus.

„Welcher Simon? Ich weiß von nichts!", beschwert sich Sonja.

Sie sitzt im Schneidersitz auf dem Sofa und ich sehe ihre nackten Fußsohlen. Eine Frau sollte nicht im Schneidersitz sitzen und auch nie ihre Schuhe ausziehen, erst recht nicht, wenn sie nicht einmal Strümpfe trägt.

„Setze dich ordentlich hin!", ordne ich an.

Doch Sonja ignoriert meinen Wunsch nach einem guten Benehmen. Sie steckt sich völlig ungerührt eine Zigarette an und stellt den Ascher direkt auf das Polster in die Lücke zwischen ihren Beinen. Sie sieht nicht, dass ich ihr einen strafenden Blick zuwerfe.

Monika erzählt nun die ganze irrsinnige Geschichte, dass sich Sandra in Simone verliebte und diese jetzt Simon heißt, weil sie lieber ein Mann sein möchte. Sie behauptet, Simon sei im falschen Körper geboren und jetzt auf sich allein gestellt. Seine Familie würde ihn nicht unterstützen. Das sei äußerst schwierig in seiner besonderen Situation mit all dem, was er bereits ertragen musste und was ihm noch bevorstünde.
„Immerhin tut sie das freiwillig", werfe ich ein.
„Keiner hat ihr diesen Floh von der Geschlechtsumwandlung ins Ohr gesetzt."
„Du hast weder Mitgefühl noch bist du tolerant", schimpft Monika.
„Euer Gedöns über Liebe und Beziehungen ist nichts Greifbares, Messbares. Euch ist das Reden wichtiger als Sachlichkeit."
„Wie meinst du das?"
Ich überlege, ob ich darauf antworten soll, denn auf einen Streit habe ich keine Lust. Immer dieses Gezeter um alles und nichts! Doch sie hat es provoziert. Ich werde versuchen, es so zu formulieren, dass es auch die Frauen ver-

stehen.

„Sandra hat uns lang und breit erklärt, dass sie nur Frauen lieben kann und keine Männer. Sie ist ..“, ich räuspere mich verlegen, *war* eine Lesbe. So hat sie uns das damals erklärt. Doch ihre Freundin Simone lässt sich zu einem Mann um-operieren. Also war das ganze Gerede von der Liebe zwischen Frauen nur Gerede, denn am Ende hätte Sandra doch noch einen Mann geliebt.“ In Gedanken füge ich hinzu: „Das hätte sie einfacher haben können.“

„Die Person war ihr wichtig, das Geschlecht spielte keine Rolle.“

Dazu denke ich mir meinen Teil und sage jetzt nichts. Monika begreift den Irrsinn ja doch nicht.

„Simon wollte Sandra über einem Blumenbeet verstreuen“, flüstert Monika.

„Wie denn verstreuen?“, fragt Nadine entsetzt.

„Ihre Asche. Er wollte die Asche nicht auf dem Friedhof in einem Loch versenken, sondern auf ihr Lieblingsbeet im Garten verstreuen.“

„So etwas ist gar nicht erlaubt!“, sage ich streng.

Mich macht es wütend, dass Monika Simone immer Simon nennt, als wäre sie bereits ein Mann. Doch das ist sie nicht. Zu einem Mann gehört mehr als ein paar Hormontabletten und ein neuer Name.

„Ich weiß. Und Simon weiß das auch. Er hatte sich nach Möglichkeiten erkundigt, wie man an die Asche gelangen kann."

„Das verstehe ich jetzt nicht", meldet sich Sonja. „Wer bekommt denn die Asche des Verstorbenen, wenn nicht die Verwandten?"

Sie war wirklich schon lange nicht mehr in Deutschland und hat von hiesigen Gesetzen keine Ahnung.

„Nein, den Angehörigen eines Verstorbenen darf die Urne mit der Totenasche nicht ausgehändigt werden", erkläre ich. „Hierzulande herrscht die Friedhofspflicht. Man darf niemanden außerhalb eines Friedhofs bestatten."

Mit Gesetzen kenne ich mich aus.

„Das heißt, ich darf nicht bestimmen, dass ich im Wald verstreut werden möchte?" Empört schaut sich Sonja um. „Ich will nicht wie Sandra auf einem Friedhof zwischen tausenden Leichen verscharrt werden. Das ist kein guter letzter Platz."

So ist es nun mal, ob ihr das gefällt oder nicht.

„Ich glaube, es gibt Friedwälder, wo die Urne an einem Baum vergraben wird", überlegt Julie laut.

„Nicht hier in Chemnitz und auch nicht in der Nähe. Wir haben uns erkundigt."

„So anonym ist eigentlich auch doof."

„Wieso?", braust Sonja auf. „Ich will, dass

meine Asche nach Indien kommt."

„Ganz normal bist du nicht", bemerke ich.

„Oder wenigstens in den Bodensee, wo ich jetzt wohne."

Monikas Gesicht hellt sich auf. Sie sagt: „Ich glaube, von der Schweiz aus ist das tatsächlich möglich. Nur über die Grenze darfst du die Asche nicht schmuggeln."

„Und warum habt ihr das nicht gemacht?", regt sich Sonja auf. „In einem Auto lässt sich eine Urne leicht mitnehmen, zumal es keine Grenz-kontollen gibt."

Monika kratzt sich am Kopf und schaut prüfend in die Runde. Ich sehe ihr an, dass sie etwas weiß, was ich nicht erfahren soll.

„Rede!", befehle ich. „Nun ist es ohnehin gleich-gültig."

Sie ziert sich noch eine Weile, was mich sofort wieder wütend macht, während sich die Mäd-chen gespannt nach vorn beugen.

„Simon hätte keine Chance gehabt, die Asche zu schmuggeln." Wieder macht sie eine Pause. „Er stand unter Beobachtung."

„Beobachtung? Weil er sich zum Mann operieren lässt?", wundert sich Julie.

Mir erscheint das wahrscheinlich. Solche Leute muss man im Auge behalten.

„Vor einem halben Jahr wollten sie ihr neues

Auto zulassen. Da ging der Ärger los."

„Es war kein neues Auto", stelle ich richtig. „Es war ein gebrauchtes, vier Jahre alt."

Monika räuspert sich und rutscht unruhig auf ihrem Stuhl hin und her.

„Die alte Karre wird Macken gehabt haben", vermute ich.

„Ich glaube, ich erzähle es doch nicht."

„Bring zu Ende, was du angefangen hast!"

Noch einmal schaut sie mich halb prüfend und halb ängstlich an, bevor sie endlich redet.

„Sie hatten als Autokennzeichen C für Chemnitz und dann SS-88 beantragt."

„Sind die noch bei Troste?", schreie ich und springe von meinem Sessel auf.

Sofort schmerzt meine Narbe, an die ich schon gar nicht mehr gedacht habe. Außerdem bin ich mit dem Fuß schräg aufgekommen und habe ihn verknickt. Schnell lasse ich mich wieder ins Polster sinken.

Diese Simone kann sich frisch machen, wenn ich sie in die Finger kriege!

„Warum regst du dich so auf, Papa?", fragt Julie.

„Das fragst du noch?" Ich merke, wie mir das Blut ins Gesicht schießt und von innen gegen die Schläfen und die Ohren klopft. „Weißt du nicht, was diese beiden Buchstaben bedeuten?"

„Natürlich weiß ich das. Sandra und Simon – ist doch klar.“

Ich fasse mir an den Kopf und weiß nicht, was ich sagen soll. Sind meine Töchter tatsächlich so naiv? Ich kann es kaum glauben.

„Es gibt verbotene Kennzeichen. Dazu gehören die Zahlen 88 und die Buchstaben SS und HH.“

„HH heißt Hamburg“, weiß Nadine.

„Und egal ist 88“, singt Julie vergnügt. „Was bedeutet eigentlich dieser Spruch?“

„Egal, wie man die Zahl spiegelt, sie bleibt immer gleich“, erklärt Monika. „Doch die Beiden meinten mit der Acht das mathematische Zeichen für unendlich. Außerdem ist es ihre persönliche Glückszahl. Damit wollten sie das unendliche Glück ausdrücken. Für jeden eine eigene Acht.“

„Und wieso ist das nicht erlaubt?“, erkundigt sich Julie.

Jetzt muss ich eingreifen, sonst geht diese leidige Diskussion noch ewig weiter und wir kriegen noch Ärger mit den Nachbarn. Gar nicht auszudenken, wenn das einer hört. Automatisch überprüfe ich mit einem Blick, ob die Fenster geschlossen sind. Doch ich kann es nicht erkennen, weil sie von den zugezogenen Vorhängen verdeckt werden.

„88 bedeutet das Gleiche wie HH.“

„Also Hamburg“, wiederholt Nadine.

„Lass mich gefälligst ausreden! HH ist der alte Hitlergruß und das H ist der achte Buchstabe im Alphabet, weshalb es zum heimlichen Gruß erklärt wurde."
„Von wem?"
„Von wem? Von wem? Was weiß denn ich? Jedenfalls ist die Benutzung verboten. Nun wisst ihr Bescheid und gebt endlich Ruhe!"
Ich sehe den Mädchen an, dass sie noch immer nichts begreifen, obwohl ich alles klar und deutlich erklärt habe. Mir ist zwar klar, dass der zweite Weltkrieg bereits lange vor meiner Geburt zu Ende war, doch in der Schule werden sie darüber gesprochen haben. Wir wurden damals diesbezüglich aufgeklärt und zwar nahezu täglich. Ich kann das Thema schon nicht mehr ertragen und schaue auch keine entsprechenden Filme oder Dokumentationen. Auch dann nicht, wenn sie einiges aufdecken, was man uns damals in der Schule ganz anders beibrachte.
„Und warum dürfen sie ihre Initialen nicht verwenden?", wundert sich Julie noch einmal.
„Muss ich euch wirklich erklären, dass SS Schutzstaffel heißt?"
Die Mädchen schauen sich an und Monika kratzt mit ihrem Finger auf dem Kleid herum. Sie ist sichtlich verlegen.
„Die SS war eine Organisation in der Zeit des

Nationalsozialismus.“

„Und was hat das mit Sandra und Simone zu tun? Es sind einfach nur ihre Anfangsbuchstaben. Weiter nichts“, wundert sich Julie.

Es hat keinen Sinn, mit diesen verbohrten Frauen zu sprechen. Sie begreifen es nicht.

„Es ist verboten und damit basta!“

Drohend schaue ich von einer zur anderen. Keine sollte sich wagen, noch eine dieser ziemlich dummen Fragen zu stellen. Alles ist gesagt.

„Die Geschichte hatte noch ein Nachspiel“, sagt Monika leise.

Was kommt jetzt noch?

„Eines Tages erhielten sie eine Vorladung von der Polizei.“

„Weshalb?“, frage ich aufgebracht.

„Ein Nachbar hatte sie wegen ihrer Initialen angezeigt, die sie an ihrer Tür angebracht hatten.“

Wütend knirsche ich mit den Zähnen. Im Alter von dreißig Jahren sollte man ein gewisses Maß an Vernunft voraussetzen.

„Man hat ihnen mit einer Verwarnung gedroht, wenn sie die harmlosen Anfangsbuchstaben ihrer Vornamen nicht unverzüglich entfernen.“

Harmlos nennt sie die beiden Anfangsbuchstaben? Ich hoffe, dass sie dieser Weisung der Polizei unverzüglich nachkamen und keinen weiteren Ärger provozierten.

„Und dann? Was passierte dann?", fragt Sonja.

„Dann wurde unsere Sandra krank", seufzt Monika und Nadine weint wieder.

„Was macht Simon jetzt?", will Sonja wissen.

„Er zieht noch in diesem Monat nach Köln. Hier hält ihn nichts mehr."

*****

Es dämmert und wird langsam heller. Ich kann mich an keine einzige Nacht in meinem Leben erinnern, in der ich bis zum Morgen geredet habe. Geredet und zugehört. Weder mit Monika und schon gar nicht mit meinen Töchtern. Der Sonnenaufgang bedeutet mir ebenso wenig wie der Untergang. Es wird hell oder eben dunkel, der Tag beginnt oder endet. Das ist alles.

Sonja steht am Fenster und schaut verträumt hinaus.

„In Goa geht die Sonne das ganze Jahr über immer um die gleiche Zeit auf und zwölf Stunden später unter. Hier dagegen ist es im Sommer von fünf Uhr morgens bis fast zehn Uhr abends hell, im Winter von acht bis etwa vier Uhr. Das ist ein Unterschied von neun Stunden. Ist euch das eigentlich bewusst?"

Erstaunt schauen wir sie an.

„Mit den Temperaturen verhält es sich genauso

krass. In Goa war es sommers wie winters immer um die dreißig Grad warm. Hier ist es nur im Hochsommer heiß, im Winter herrscht dagegen Frost."

„Und das hat dir gefallen? Ich meine, wenn das ganze Jahr über immer alles gleich ist?", fragt Julie überrascht. „Ist das nicht langweilig?"

Ich überlege, wie es sich mit den Temperaturen in Griechenland verhält. Vermutlich gibt es keine großen Unterschiede zu Deutschland, nur, dass die Winter milder sind.

Auf einmal springt Nadine auf und schreit: „Ich will nicht jede Nacht ertrinken! Ich habe es satt! Ich muss endlich zu meinem Sohn!"

Sie ist nicht ertrunken, sondern der Junge und sie kann gar nicht zu ihm, weil er nicht mehr lebt. Diesen Unsinn höre ich mir nicht länger an. Ich werde endlich ins Bett gehen.

Monika ist ebenfalls aufgestanden und streichelt Nadine über die Schulter.

„Und deine Tochter?", fragt sie sanft. „Was soll aus ihr werden?"

Nadine schlägt Monikas Arme grob beiseite und kreischt: „Du denkst wohl, ich lasse sie allein? Du musst irre sein, wenn du das glaubst!" Mehrmals klopft sie mit der flachen Hand an ihre Stirn. „Ich nehme sie mit. Ich nehme sie überallhin mit."

Kein Wort von diesem irrsinnigen Ausbruch verstehe ich. Noch weniger verstehe ich die Aufregung der Weiber. Wie aufgescheuchte Hühner gackern sie alle vier auf einmal und zerren an Nadines Armen und am Kleid. Dabei hat sie wohl nur zu viel Wein und Obstler in sich hineingeschüttet. Unbeherrscht! Sie ist unbeherrscht.

„Komm, Sonja!", bittet Monika.

Ich muss lachen, als Sonja ihren Namen korrigiert. Kein Mensch wird sie jemals Ajala rufen, schon gar nicht ihre Familie.

„Wir beide bringen sie heim. Ich packe nur schnell meine Tasche. Es ist wieder soweit. Ich bleibe so lange bei ihr."

„Soweit? Was meinst du mit soweit?"

„Ein Schub. Sie hat einen Depressionsschub. Nadine, wo hast du deine Tabletten? In deiner Tasche?"

Nadine schaut ihre Mutter irritiert an. Offenbar weiß sie nicht, was sie von ihr will.

„Ihr dröhnt sie zu?", empört sich Sonja. „Wisst ihr eigentlich, was ihr damit anrichtet, was ihr ihr antut?"

„Rede keinen Unsinn, Mädchen! Hilf mir lieber!"

„Ich würde es gern mit Ayurveda versuchen", bittet Sonja.

„Kräuter! Massagen, dumme Sprüche. Ich will davon nichts hören. Siehst du nicht, dass es deiner Schwester schlecht geht?"

Monikas Stimme überschlägt sich fast.

„Das Taxi wird gleich hier sein", verkündet Julie. Ich hatte gar nicht bemerkt, dass sie zum Telefon gegangen war.

„Ich komme mit!", ruft sie, küsst mich hastig auf die Wange und greift nach ihrer Tasche.

Auch Sonja erhebt sich, allerdings aufreizend langsam, als ginge sie der ganze Trubel nichts an. Sie beugt sich nach vorn und verharrt einige Sekunden in dieser recht unbequemen Stellung. Schließlich besinnt sie sich und richtet sich auf.

„Du glaubst auch nicht an eine natürliche Heilung?", fragt sie mich.

„Glauben ist Dreck! Wissen muss man's."

Sonja lächelt.

„Ayurveda ist eine ganzheitliche Heilkunst, die in Asien über viertausend Jahre lang Tradition hat."

Ich nicke, obwohl mir nicht ganz klar ist, was sie unter ganzheitlich versteht. Außerdem vertraue ich lieber den Medizinern hierzulande, die nach einer jahrelangen gründlichen Ausbildung genau wissen, was zu tun ist. Mir fallen die Bilder über Indien und den Pamir ein, die ich vor kurzem in einer Dokumentation sah. Es gab so viel Schmutz und Elend. Das wäre nicht der Fall, wenn diese alte Heilkunst helfen würde.

„Ich sehe dir an, dass du mir nicht glaubst“, sagt Sonja.

Sie legt ihre Hand auf meinen Arm und schaut mich an. Es ist ein ruhiger, sanfter Blick. Ich warte, denn ich spüre, dass sie noch etwas sagen will. Es muss etwas Wichtiges sein. Doch dann lächelt sie nur und sieht an mir vorbei. Schließlich umarmt sie mich und fährt mir tröstend mit der Hand über den Rücken. Sie tröstet *mich.* Das ist verkehrte Welt, denn ich bin der Vater und sollte *sie* trösten.

Nun herrscht Ruhe im Haus, absolute Stille. Ich betrachte den Couchtisch, auf dem Gläser und Flaschen herumstehen und ärgere mich über Monika, die aus dem Haus stürzt, ohne vorher Ordnung zu schaffen.

Schon vor Stunden wollte ich meine Ruhe, doch jetzt ist sie mir unheimlich.

Emelie

Monika hat Emelie wie fast jeden Nachmittag vom Kindergarten abgeholt. Meist bleibt sie bei uns, bis Julie von der Arbeit kommt. Man merkt das Mädchen gar nicht, weil es immer still in einer Ecke sitzt und in einem Buch blättert oder mit ihren Fingern spielt. Sie springt nicht mehr lebhaft umher und löchert mich nicht mehr mit ihren lustigen Fragen. Ich fing gerade an, die Kleine und ihre besondere Art zu mögen und freute mich jedes Mal, sie zu sehen. Doch seit sie in den Kindergarten geht, redet sie kaum und fragt überhaupt nichts mehr.

Ich kauere mich zu ihr auf den Boden und nehme ihre kleine Hand in meine. Sie zuckt zusammen, als hätte ich ihr weh getan. Das irritiert mich. Ich will diesem Kind nicht weh tun. Ich frage mich, ob es Kummer hat.

Vorsichtig streiche ihr ihr die Locken aus dem Gesicht und entdecke an den Wangen rote Flecken. Mit Kinderkrankheiten kenne ich mich nicht aus, doch so etwas wird es sein.

Emelie schaut mich nicht an.

„Was hat das Kind?", frage ich.

Monika hockt sich ebenfalls auf den Teppich und hält ihre Hand an Emelies Stirn.

„Sie hat Fieber!", stellt sie fest.

„Kriegt man davon rote Flecken?"

„Möglich. Ich lege sie gleich ins Bett. Rufe du inzwischen Julie an."

Als die Kleine nur im Unterhemdchen auf dem Bett sitzt, entdecken wir auf ihrem rechten Arm weitere rote Flecken. Außerdem ist der Arm dick angeschwollen und fühlt sich hart an.

Julie kommt sofort und geht mit Emelie zum

Kinderarzt. Er vermutet eine Überreaktion auf die letzte Impfung und gibt Julie Fieberzäpfchen mit.

Trotzdem sinkt die Temperatur nicht. Im Gegenteil, sie steigt auf mehr als 39 Grad. Als Emelie auf nichts mehr reagiert, bringt Julie ihr Kind ins Krankenhaus und Monika packt ihre Tasche und zieht in Julies Wohnung.

Sie kocht für die Jungs, putzt, wäscht und löst Julie hin und wieder an Emelies Krankenbett ab.

Ich bin wieder allein und fühle mich einsam. Wo ist die Zeit hin, als ich jede ruhige Minute genoss, wenn keines der Kinder durchs Haus tobte? Monika beginnt mir zu fehlen. Sogar die lebhaften Enkel fehlen mir, besonders die kleine Emelie. Wie wird es ihr gehen?

Erst nach zwei Wochen kommt Monika zurück. Sie sieht blass aus, als fehle ihr viel Schlaf.

„Emelie ist wieder daheim", sagt sie und sinkt erschöpft aufs Sofa.

„Sie ist also gesund", stelle ich erfreut fest.

Müde schüttelt sie ihren Kopf. Wenn Emelie nicht mehr im Krankenhaus, aber auch nicht gesund ist, kann das nichts Gutes bedeuten.

„Aber was hat sie?"

„Bei ihr wurde frühkindlicher Autismus in schwerer Form festgestellt. Sie ist ..." Wieder schüttelt Monika ihren Kopf und hält sich die Hand vor den Mund, als ob sie die Worte nicht aussprechen will.

„Was ist das?", frage ich erschrocken und lasse mich in meinen Sessel fallen.

Auf einmal sind meine Beine schwer wie Blei und gleichzeitig fühle ich sie nicht mehr.

„Die Kleine ist ein Pflegefall. Julie ist völlig am Boden zerstört."

„Pflegefall?", wiederhole ich. „Wieso ist sie plötzlich ein Pflegefall?"

„Ihr Gehirn ist krank. Näheres wissen die Ärzte im Moment nicht."

Sie reibt sich die Stirn und hört gar nicht mehr auf damit.

„Lass das!", fahre ich sie an. „Wie geht es Emelie? Hat sie Schmerzen?"

Monika schüttelt langsam ihren Kopf und wirkt etwas unsicher auf mich.

„Ich weiß nicht. Sie liegt wie apathisch in ihrem Bettchen, was an den Medikamenten liegen kann. Doch dann will sie plötzlich hoch und schafft es nicht. Dann weint sie oder schreit, als hätte sie große Angst." Monika bricht in Tränen aus. „Es ist furchtbar."

Ich sehe die Bilder direkt vor mir, wie Emelie versucht, sich aufzurichten und es ihr nicht gelingt und wie sie deshalb weint.

„Aber wie kommt das so plötzlich?"

„Ich weiß es nicht. Der Arzt spricht von Erban-
lagen. Und seit er weiß, dass Sandra an der
Creutzfeldt-Jakob-Krankheit gestorben ist, ist
für ihn die Sache klar.“
„Hat Emelie etwa die gleiche Krankheit wie
Sandra?“, frage ich zutiefst erschrocken.
„Nein. Das nicht.“ Wieder schüttelt Monika ihren
Kopf. „Ich lege mich jetzt eine Stunde ins Bett. “
Ich nicke. Dann gehe ich in mein Arbeitszimmer
und gebe im Computer *frühkindlicher Autismus*
ein.

Darunter versteht man eine tiefgreifende Ent-
wicklungsstörung, die *vor* dem dritten Lebens-
jahr auftritt. Emelie ist allerdings bereits vier
Jahre alt. Irgend etwas stimmt da nicht.
Angestrengt denke ich nach. Schließlich fällt
mir ein, dass der Kinderarzt eine Überreaktion
auf die letzte Impfung vermutete und suche im
Internet nach Impfungen. Dabei stoße ich auf
das Wort Impfschaden, folge den Links und
lese:
„Wenn man die Dunkelziffer außer Acht lässt,
stirbt jede zweite Woche mindestens ein Kind
an einer verabreichten Impfung. Die meisten
von ihnen sind unter zwei Jahre alt. Nur 5% der
Fälle werden aktenkundig.“
Plötzlich habe ich das Gefühl zu ersticken.
Hastig öffne ich beide Fensterflügel und greife

nach der Packung Zigaretten. Doch meine Hände zittern derart, dass es mir nicht gelingt, eine Zigarette anzuzünden. Ich muss an die frische Luft! Sofort! An der Tür bleibe ich stehen, denn mir fällt ein, dass Monika auf dem Sofa liegt. Sie ist sofort eingeschlafen und gar nicht erst ins Bett gegangen. Ich will sie nicht stören.

Vor meinen Augen flimmert es wie tanzende Schneeflocken. Ich weiß, dass das nicht sein kann mitten im Haus. Ich muss mich setzen und die Augen schließen. Die Flocken verwandeln sich in bunte Kreise. Doch als ich die Augen wieder öffne, ist alles wieder normal und ich kann die Schrift im Computer erkennen.

Ich lese Berichte von verzweifelten Eltern, die ihre schwer hirnkranken oder verstorbenen Kinder beklagen, ausgelöst durch eine Impfung. Problematisch wären dabei nicht nur die künstlichen Krankheitserreger, sondern vor allem Zusätze wie Aluminium, Sachen, die in Möbeln und Lebensmitteln verboten sind, aber gemischt in Impfstoffen kleinen Kindern injiziert werden.

Man impft den Kindern schädliche Stoffe ein, damit sie nicht krank werden. Das widerspricht sich doch! Wenn ich als Laie so etwas nachlesen kann, werden den Ärzte ebenfalls

Impfschäden bekannt sein. Es gibt Beweise für gravierende Schädigungen, doch keine für einen wirklichen Nutzen.

Neuerdings diskutieren die Politiker über eine landesweite Impfpflicht. Sollte ich denen einen Brief schicken mit Links zu den Berichten im Internet?

Ich schalte den Computer aus und laufe im Zimmer herum. Ich muss etwas tun. Doch was? Endlich weiß ich, was zu tun ist und will sofort mit Monika darüber reden.

*****

Leise betrete ich die Stube. Monika schreckt sofort hoch und reibt sich die Augen. Ich setze mich in den Sessel, der direkt neben dem Sofa steht.

„So geht das nicht!", sage ich sehr bestimmt. „Wir müssen die Kinder hierher ins Haus holen."

Überrascht und direkt misstrauisch schaut sie mich an und fragt: „Warum?"

„Warum nicht? Wir sind beide Rentner und den ganzen Tag daheim. Wir könnten uns um Emelie kümmern", erkläre ich.

Monika räuspert sich und sagt: „Das wird nicht leicht. Sie kann nicht mehr allein essen und laufen, muss also rundum versorgt werden."

Nun muss ich schlucken. So schlimm hatte ich mir das nicht vorgestellt, obwohl mir die Bilder der impfgeschädigten Kinder noch lebhaft vor Augen stehen.

„Umso wichtiger ist es, dass die Kinder zu uns kommen!", bestimme ich. „Das Haus ist groß, wir haben genug Platz. Mein Arbeitszimmer kann ich räumen, ich brauche es nicht. Dort könnte Julie mit Emelie schlafen und die Jungs beziehen oben die drei Kinderzimmer. Das Tagesbettchen für die Kleine stellen wir einfach hier in die Stube. So ist sie am Tag nie allein. Und Julie kann arbeiten gehen, wenn sie mag."

Schon wieder laufen Tränen über Monikas Gesicht. Trotzdem lächelt sie mich an und sinkt schließlich an meine Brust.

Vorsichtig lege ich meinen Arm um ihre Schultern. Das habe ich schon lange nicht mehr getan.

Ich überlege, ob ich ihr meinen Verdacht auf einen Impfschaden gestehen soll. Es bringt nichts, weil es Emelie nicht hilft. Andererseits könnte es anderen Kindern helfen, sie sogar retten, wenn ich deren Eltern aufkläre und von Emelie erzähle.

Schließlich entscheide ich mich, ihr alles, was ich über das Impfen und deren Folgeschäden gelesen habe, zu erzählen. Die Wahrheit ist immer und jedem zumutbar.

„Ich bin schuld", sagt sie anschließend und weint.

„Aber woran?"

„*Ich* habe Julie gezwungen, ihr Kind impfen zu lassen."

Sachlich gesehen stimmt das. Doch sie wusste es nicht besser und hat den Ärzten vertraut. Wenn sich jemand schuldig fühlt, verurteilt er sich selbst. Das ist nicht gut. Nicht bei Monika. Sie hat niemandem etwas Böses getan, sie hat immer nur geholfen. Sie hat die Bedürfnisse unserer Kinder und Enkel immer wichtiger genommen als ihre eigenen. Das ist mir inzwischen klar geworden.

Schluss

Gibt es solch eine Fülle von Unglücksfällen in einer einzigen Familie?

„Unter jedem Dach ein Ach", sagt Monika dazu.

Ein Ach ließe ich mir gefallen. Doch in unserer Familie ist es weit mehr als nur ein Ach. Wir haben vier Töchter und mit jeder von ihnen gab es mehrere Katastrophen. Wer trägt die Schuld dafür? Monikas Erziehung? Die moderne Gesellschaft? Die Mädchen selbst? Häufen sich zufällig nur Zufälle? Ich weiß es nicht.

Monika glaubt nicht an Zufälle. Sie glaubt an eine höhere Macht, die über Tod und Leben und über Krankheiten entscheidet. An Vorbestimmung.
Doch es gibt keine Vorbestimmung. Es gibt auch keinen Gott. Es gibt nur Leben und Tod. Wir sterben alle. Der Tod ist für alle gleich, aber das Sterben ist für jeden anders.

Seit Sandra gestorben ist, scheint sie mir viel näher als zu Zeiten, in denen sie noch lebte.
Plötzlich überkommt mich ein unfassbar großes Bedauern. Ich vermisse nicht nur Sandra, sondern alles, was mit ihr und ihren Schwestern zu tun hat. Zu tun hatte. Mir ist auf einmal klar, dass ich nichts über die Mädchen weiß. Nicht, welches Unterrichtsfach sie in der Schule mochten, was sie gern essen, welche Musik sie hören. Ich bedaure das sehr und fühle mich elend.

In letzter Zeit spricht Monika häufig über das Alter und das Sterben.
„Für mich wäre der Tod nicht tragisch, aber für dich. Du müsstest dir dein Frühstück selbst machen und das Bett am Abend aufschlagen."
Das kann sie nicht ernst meinen, es ist reiner Sarkasmus. Oder glaubt sie wirklich, der Verlust ihrer Person sei für mich weniger schlimm

als die Tatsache, dass ich mir meinen Kaffee selbst kochen muss?

Wir reden nicht viel miteinander, doch wir sind beisammen. Das ist es, was zählt.

„Ich wäre gern dement am Ende meines Lebens."

„Wie kannst du so etwas sagen?", rufe ich empört aus. „Kein Mensch will ohne seine Erinnerungen leben."

Erst die Erinnerungen machen den Menschen aus. Seit vierzig Jahren besteht ihr Leben daraus, für unsere Töchter da zu sein und für die Enkel. Und jetzt behauptet sie, es wäre kein Drama, wenn sie ihre Familie nicht erkennt.

Sie lacht. „Du wärst sauer, wenn ich dich plötzlich Hermann oder Wolfgang nenne, nicht wahr? Du würdest fragen, ob es frühere Liebhaber waren." Wieder lacht sie und sagt fast schelmisch: „Aber ich kann mich nicht erinnern", und hebt bedauernd die Schultern.

„Kanntest du denn einen Hermann oder einen Wolfgang?"

Sie lacht laut auf, antwortet aber nicht.

Ich will nicht am Ende meines Lebens von fremden Pflegern gefüttert werden. Doch ihr wäre es gleichgültig.

„Ich fände es romantisch, mich aufzulösen, ohne es bewusst zu merken, hinüberzugehen wie in einem Traum. Ohne Angst vor dem Ver-

lust des Lebens und der Angehörigen.“
Sie ist völlig verrückt, wenn sie so denkt. Auflösen will sie sich, hinübergehen. Wohin denn?
Es ist das Ende.

Eigentlich wollte ich alt werden, sehr alt. Mindestens neunzig Jahre. Doch seit Sandras Tod fühle ich mich mit knapp siebzig bereits wie neunzig. Mein Leben ist gelebt. Ich erwarte nichts mehr. Wie man das Leben auch dreht und wendet, man kann nichts ungeschehen machen. Das hat mich früher nie berührt, doch heute fange ich an, über vieles, was bereits vergangen ist, nachzudenken. Das belastet mich. Ich bin nicht mehr der gleiche Mann wie vor einem Monat oder gar einem Jahr.

*****

Ich lebe auch nicht mehr das gleiche Leben wie vor einem Monat oder gar einem Jahr. Meine täglichen Rituale bedeuten mir nichts mehr. Einzig Emelie ist wichtig.
Sie hat ihr Leben noch vor sich, das eigentlich kein wirkliches Leben mehr ist. Sie liegt in ihrem Bettchen, muss gefüttert und gewindelt werden, kann nicht allein laufen und auch keine Sätze sprechen. Besonders nahe geht es mir, wenn sie weint. Sie weint oft und ich weiß nicht,

warum und auch nicht, wie ich ihr helfen kann. Ich sitze neben ihr oder trage sie durchs Zimmer, fahre sie spazieren, zeige ihr die Bäume und die bunten Blumen, die sie vielleicht erkennt – vielleicht auch nicht.

Gestern trug ich sie hinaus in den Garten und kauerte mich mitten zwischen die Dahlien, die in unzähligen Farben leuchteten. Zuerst sah Emelie wie durch sie hindurch. Dann streckte sie plötzlich ihr Ärmchen aus und versuchte, eine leuchtend rote Blüte zu greifen, die aussah wie ein Ball. Ich riss sie ab und gab sie Emelie in die Hand. Noch im Bett hielt sie die Blume fest in der Faust und zupfte mit der anderen Hand an den weichen Blättern.

Ich merke, dass ich bete: „Bitte, lass Emelie nicht leiden!"

Nie in meinem ganzen Leben habe ich jemals gebetet. Meine Gebete werden nicht erhört, natürlich nicht. Ich bin völlig hilflos und weiß, dass ich weiter nichts tun kann als dazusein.

Ich habe einen kleinen kunterbunten Rollstuhl gekauft, den ich zusammenfalten und im Auto mitnehmen kann. Damit sie darin nicht weg-rutscht, habe ich ein passendes Sitzkissen fer-tigen lassen und für das Auto eine Schale. Wenn sie größer wird, kaufe ich ihr einen elektrischen Rollstuhl, einen mit knallroten

Reifen an der Seite.

Ich halte es nur sehr schwer aus, das kleine Wesen zu betrachten, das zu nichts selbst in der Lage ist. Doch noch weniger ertrage ich, aus der Tür zu gehen und nicht bei ihr zu sein. Selbst dann, wenn sie weint oder von Panik geschüttelt schreit. Wenn ich dann so machtlos neben Emelies Bett sitze, fühle ich mich nutzlos und spüre eine Leere in mir, die ich nicht erklären kann.

*****

Ich stehe am Fenster und beobachte einen Spatz, der nervös über die Terrasse hüpft. Ein zweiter kleiner Vogel gesellt sich dazu.

Diese Szene kommt mir irgendwie bekannt vor, als hätte ich sie schon einmal ganz genauso erlebt. Der Garten mit seinen Blumen und Sträuchern sieht aus wie immer.

Doch nichts ist mehr wie immer.

Vielleicht muss man erst
den Schmerz kennenlernen,
um froh zu sein,
dass man glücklich ist.

Weitere Romane von Petra Weise:

Die Geschichte beginnt mit einem ganz normalen
Familienfest bei der Erzählerin Dagmar. Kurz darauf
erhält sie einen Anruf und erfährt, dass ihre
Schwester Jutta schwer an Krebs erkrankt ist. Nach
dieser beängstigenden Nachricht herrscht
Schweigen, denn Juttas Ehemann gibt keinerlei
Auskunft und wünscht keinen Besuch – weder
daheim noch im Krankenhaus.

Außerdem gibt es zehn weitere Romane,
vier davon autobiografisch,
und fünf Kurzgeschichtenbände.

Sämtliche Titel sind auch als E-Book erhältlich

Petra Weise wurde 1954 in Freiberg/Sachsen geboren und lebt nach zahlreichen Wohnungs-wechseln durch Hessen und Bayern seit 1993 wieder in ihrer Heimat Sachsen.

Sie liebt das Erzgebirge mit all seinen Traditionen und fühlt sich auch in den Alpen wohl. Wenn sie nicht schreibt oder liest, wandert sie gern mit ihrem Hund durch den Wald oder spielt Klavier.

www.autorinpetraweise.de